FOLIO JUNIOR

Catherine Missonnier

UNE SAISON AVEC LES LOUPS

Illustrations
de Philippe Munch

FOLIO JUNIOR/GALLIMARD JEUNESSE

Remerciements

Cette histoire n'aurait pu être écrite sans les informations et les conseils de ceux qui vivent en Vésubie, tout près des loups.

Je remercie particulièrement les agents du Parc national du Mercantour qui m'ont accueillie dans leurs bureaux à Saint-Martin-Vésubie, m'ont permis d'accéder à leur riche documentation et ont accepté de m'emmener avec eux à la recherche des traces des loups dans la neige fraîche. Les récits de leurs rares rencontres avec les membres des meutes du Mercantour, les observations qu'ils ont pu faire sur leur vie, leurs mœurs, leur appétit pour les brebis et les problèmes que soulève leur retour, la foule de détails qu'ils ont bien voulu me fournir sur les habitants de ces vallées, humains et animaux, m'ont permis, je l'espère, de ne pas parler de cette magnifique région en simple visiteuse.

Merci aussi à Éliane Rogeri qui a pris le temps, malgré ses journées surchargées, de me raconter les peines et les bonheurs de sa vie de femme d'éleveur, les tâches rythmées par les besoins du troupeau, les relations avec les animaux, les brebis et les grands chiens protecteurs, le plaisir de monter aux estives, mais aussi les attaques des loups la nuit, les bêtes égorgées. Et le prix à payer, en travail et en argent, pour réparer les dégâts.

Merci aux instituteurs de Vésubie qui m'ont accueillie dans leurs écoles, m'ont raconté leur quotidien d'enseignants, les événements qui ponctuent l'année scolaire et ceux qu'ils ont créés pour tirer le meilleur parti pédagogique de la spécificité de la région.

Merci enfin aux élèves de l'école de Saint-Martin pour toutes les informations qu'ils m'ont données sur leurs parents, leurs jeux, leurs balades, leur vie en dehors de l'école

Chapitre 1

C'est là.

– Où ?

Au bout du bras tendu de sa mère, Clément ne distingue rien d'autre que le flanc abrupt de la montagne couvert de sapins sombres, éclairé par endroits de bouquets de mélèzes vert tendre.

– Tu vois les mélèzes, à droite, et juste au-dessous ce gros rocher brun ? Tu montes tout droit, il y a comme un éboulis. Un vieux hêtre s'est couché à cet endroit il y a trois ans et, en se soulevant, les racines ont dégagé une niche. C'est là qu'elle a mis bas l'année dernière. Je ne l'ai jamais vue faire bien sûr, mais en suivant une piste à l'automne, juste après la première chute de neige, j'ai découvert ce qui pouvait être une tanière. Il y avait encore quelques poils accrochés aux branches qui masquaient l'entrée et des restes d'os rongés. Alors j'ai surveillé, de loin évidemment, pour qu'elle ne détecte pas mon passage. Chaque fois que je montais retrouver Jean-François à la Villette, je m'arrêtais. C'est un soir en redescendant à La Bollène au début du mois que je l'ai aperçue, une ombre entre les branches. Elle était venue préparer les lieux et vérifier que l'endroit était toujours aussi sûr. Maintenant ses petits doivent être nés.

Les doigts crispés sur les jumelles, Clément scrute chaque pouce de terrain au-dessus du rocher. Il distingue vaguement une sorte de trouée entre les arbres, comme si, effectivement, un grand tronc s'y était tenu et était tombé. Des branches basses, de nouvelles pousses, s'entremêlent au sol.

– Dans le creux là-haut ?

– Sous les branches, oui. Elle est parfaitement à l'abri. Et elle peut sortir aussi par-derrière, du côté de la crête.

Ils sont tapis au-dessus du chemin où ils ont laissé la voiture. Ils en sont sortis lentement, sans bruit pour ne pas troubler la vie du vallon, et sont montés par un sentier à peine tracé entre les arbres, en évitant de faire rouler les pierres sous leurs pieds. Les animaux sont plus habitués aux voitures qu'aux hommes à cette période de l'année. Les touristes ne sont pas encore arrivés, par contre depuis le début des estives[1], le 4 x 4 de Ventura, celui de Jean-François et la vieille 104 d'Agnès sillonnent le vallon une ou deux fois par semaine. Le chemin est carrossable jusqu'à la grange de Praï, en voiture on y est en vingt minutes. De là, en trois quarts d'heure de marche, on rejoint la cabane où Jean-François garde le troupeau au printemps.

1. Périodes pendant lesquelles les brebis quittent la bergerie pour vivre dehors, sur les pentes des montagnes.
On appelle aussi « estives » les pâturages sur lesquels les brebis sont installées pendant ces périodes.

Chaque année, début mai, Jean-François propose à Clément de monter avec lui et les bêtes. Les filles de Ventura accompagnent toujours leur père et restent le week-end, dormant dans la cabane, lavant la vaisselle au torrent, chouchoutant leurs brebis préférées. Mais Clément n'a jamais voulu accompagner Jean-François. Ce n'est pas son père. Le troupeau, il s'en fiche. Les brebis sont des animaux stupides qui s'enfuient au moindre bruit sans regarder devant elles. Si une ravine se trouve sur leur chemin, elles tombent dedans, tête la première, les unes derrière les autres. Ce sont les brebis de Jean-François, à lui de les garder.

Clément préfère monter avec sa mère pour relever les traces des loups. Ils sont autrement plus malins que les brebis, ceux-là, on ne les voit jamais, on ne trouve que des indices de leur passage : des sillons étroits dans la neige, ponctués d'empreintes de pattes larges et profondes, des marques d'urine ou une carcasse de chamois nettoyée jusqu'à l'os. C'est tout ce qui reste des loups. Et quand ils s'attaquent au troupeau, là-haut, dans les pâturages, au milieu de la nuit, Jean-François non plus ne voit rien. Il entend les brebis bêler de terreur, leurs cloches tinter, les chiens aboyer comme des fous, il devine la panique mais sa lampe n'éclaire jamais que des moutons courant dans tous les sens. Ceux qui ont été égorgés, on ne les trouve que le lendemain, ou plus tard, éparpillés dans la montagne. Les loups, eux, ont disparu.

La mère de Clément est une bien meilleure traqueuse de loups que Jean-François. En quatre ans, elle les a aperçus trois fois, dont une il y a quinze jours : la grande louve préparait son terrier pour la mise bas. C'est son métier d'étudier les loups, elle est venue en Vésubie pour ça. Elle travaille au Parc national du Mercantour comme biologiste. Quand ils sont arrivés dans ces montagnes lumineuses, Clément était heureux. Il n'avait pas prévu qu'Agnès rencontrerait Jean-François, qu'elle irait vivre chez lui, à la ferme, et qu'un an après ils se marieraient. Il n'y avait jamais eu d'homme installé avec eux, ni son père qui avait disparu quand il était bébé, ni les autres amis d'Agnès. Jusqu'à Jean-François. Le jour du mariage, Clément se serait bien caché au fond d'un trou, mais ça aurait fait trop de peine à sa mère

– Écoute !

Agnès pose la main sur son bras, elle se concentre, aux aguets. Un froissement de feuilles et des couinements désespérés montent d'un peu plus bas dans le vallon, puis une sorte de ruade et un hurlement plaintif, bref, un cri de loup. Clément sait les reconnaître maintenant, il en a entendu des dizaines en enregistrement. Ensuite plus rien, et d'autres bruits de branches cassées et de feuilles froissées, comme une fuite.

– C'était quoi ?

– Je ne sais pas très bien, je vais voir s'il reste des indices. Toi, tu ne bouges pas d'ici, la louve est peut-être dans le coin.

Sa mère ne va quand même pas le priver d'un de ses plus grands plaisirs : partir en quête des loups avec elle. Il ne risque rien, elle lui a toujours dit qu'un loup n'attaque jamais l'homme, sauf s'il est enragé, et la rage a complètement disparu de France aujourd'hui.

– Je viens avec toi.

Agnès sourit. Elle aime autant que lui leurs escapades complices. Depuis qu'ils sont arrivés dans cette montagne, elle l'a arpentée avec lui en tous sens. Elle lui a appris à repérer les bandes de chamois éparpillées sur les parois, les mouflons aux lourdes cornes serrés les uns contre les autres, les aigles royaux aux larges ailes déployées, planant comme des seigneurs au-dessus de leur domaine, et la moindre empreinte de pas dans la neige, les pattes groupées du lièvre qui bondit, les légères éraflures de l'écureuil et, bien sûr, le sillon unique des loups marchant à la queue leu leu, les pattes posées exactement dans les traces du loup de tête, si bien qu'il faut suivre leur piste jusqu'à ce qu'ils se soient séparés pour être sûr de leur nombre. Elle ne peut pas lui refuser une observation sur le vif.

– Tu prends la canne de randonnée et tu restes derrière moi.

Agnès avance avec précaution, perpendiculairement à la pente. Il n'y a plus de sentier, elle doit se frayer un chemin entre les arbrisseaux qui envahissent le sous-bois. Dès qu'un rocher affleure, elle s'en sert comme appui. Au bout d'une centaine de mètres à flanc de montagne, elle oblique en montant vers la crête, le long d'une petite ravine, en tirant Clément par la main. Ils avancent ainsi l'un derrière l'autre, sans un mot, sous le couvert des conifères. Un bruit de branches qui se brisent arrête Agnès immédiatement. Elle s'agenouille, les yeux rivés aux jumelles.

– Elle est là, chuchote-t-elle dans un souffle.

– La louve ?

Agnès met un doigt sur ses lèvres et lui tend les jumelles.

Comme d'habitude, il ne remarque rien.

– Au pied du sapin.

A force d'ajuster les lunettes grossissantes, il finit par distinguer un animal couché sur le flanc, immobile.

– Elle est morte !

– Mais non, voyons, proteste Agnès en lui arrachant les jumelles.

– Elle est couchée, et elle ne bouge pas, assure Clément.

– Si, elle se traîne, elle nous a repérés, elle essaie de se mettre à l'abri et de rejoindre la tanière. Regarde.

Clément se remet à explorer le sous-bois, il retrouve l'animal couché, puis distingue, plus haut, une silhouette grise et rousse qui se hisse péniblement vers le haut du vallon

– Elle est blessée !

– Et sérieusement. Laissons-la partir. Elle a déjà assez de problèmes, on ne va pas l'effrayer en plus. Quand elle sera à l'abri, on ira voir ce qui s'est passé.

La louve met un bon moment à disparaître.

– On y va ?

L'animal que Clément a aperçu, couché sur le sol, immobile, est en fait un petit cochon dodu à la gorge déchiquetée.

– Un marcassin, une aubaine pour elle. Mais la laie n'était pas loin. Les sangliers sont bien les seuls animaux capables d'affronter les loups. Quand la laie a entendu l'appel du petit, elle a dû foncer sur la louve et lui ouvrir le flanc de sa puissante canine. Trop tard, le marcassin était déjà égorgé.

– La louve n'y a pas touché.

– Elle nous a repérés, elle a préféré se cacher.

– Elle l'emportera tout à l'heure, quand on sera partis ?

– Je n'en suis pas sûre.

Agnès est soucieuse.

– Tu penses qu'elle n'en aura pas la force ?

– Elle laisse une traînée de sang derrière elle. Elle doit être mal en point pour se déplacer si lentement. Jamais elle n'aurait dû rester si près de nous lorsque nous sommes montés jusqu'ici. Dans son état normal, elle aurait filé depuis longtemps.

– En laissant les petits ?

– Elle serait revenue les retrouver plus tard pour les déplacer vers un endroit plus sûr. Seulement là, elle n'y parviendra pas.

– Elle va rester avec eux, alors ? s'inquiète Clément.

Que les agneaux de Jean-François se fassent dévorer par les loups ne le dérange pas, mais que les louveteaux, encore aveugles, soient abandonnés par leur mère lui est insupportable.

– Sans doute, mais je ne sais pas si elle pourra les nourrir longtemps. Sa blessure peut s'infecter et, surtout, elle aura du mal à descendre boire au torrent. Si elle ne boit pas, elle n'aura plus de lait.

– Ils vont mourir ?

– J'en ai peur.

Ça fait un an que Clément attend la naissance de la nouvelle portée de louveteaux. Depuis que sa mère lui a parlé de la tanière découverte l'an passé. Il espérait tellement voir la louve cette année. Elle était revenue, elle avait mis bas, et maintenant ses petits allaient mourir.

– Si on lui apportait à boire, nous ? propose-t-il.

Sa mère a ce regard admiratif et tendre qu'il aime tant susciter chez elle.

– On risque de la mettre en fuite définitivement.

– En étant très prudents et silencieux ?

Agnès ne peut pas refuser son aide à la louve. Depuis le temps qu'elle la piste, c'est comme si elle la connaissait.

– D'accord. Mais pas ce soir, il faut la laisser en paix. Je reviendrai demain avec une écuelle que je poserai assez loin de la tanière pour l'inquiéter le moins possible. Je pense qu'elle arrivera à se traîner sur quelques mètres. On verra si elle l'utilise. Mais tu sais, si elle est trop gravement blessée, mon eau ne suffira pas à la guérir.

Clément hoche la tête mais, en son for intérieur, il est sûr que, si on l'aide, la louve survivra à un coup de défense de sanglier.

– Maintenant il faut rentrer, Jean-François descend ce soir, s'il nous trouve sur sa route, il ne sera pas content qu'on ne soit pas montés jusqu'à lui.

Comme souvent au printemps, le temps, lumineux le matin, se couvre dans l'après-midi. Le soleil disparaît derrière les nuages de plus en plus sombres et gris. Le froid commence à tomber. Clément resserre son blouson sur lui.

– Je te ferai un grand chocolat chaud en arrivant, lui promet sa mère en le prenant par les épaules.

Sous l'averse qui martèle la tôle du capot, la voiture dégringole le chemin en cahotant dans les ornières. S'il n'y avait pas Jean-François, Clément serait parfaitement heureux ici, entre sa mère et les loups.

– Si elle ne peut pas aller boire, pour manger, elle fera comment ? demande-t-il, préoccupé.

– Les autres l'approvisionneront, le mâle en tout cas. Ils lui apporteront de quoi se nourrir, comme ils le feront pour les petits quand ils seront sevrés. Si elle boit et si la blessure n'est pas trop profonde, elle s'en sortira. Il lui faudra le temps de cicatriser, c'est tout.

– Tu m'emmèneras la voir à nouveau ?

– On essaiera, promet Agnès. Mais pour le moment, silence. Il y a eu trop de pertes cet automne, si certains apprennent qu'une louve a mis bas à Malagratte, il pourrait y avoir des battues clandestines.

Même à Jean-François, elle ne dira rien. Les loups sont leur seul sujet de discorde. Clément les a souvent entendus se disputer.

– Ils se foutent du monde, tes écolos ! grondait Jean-François après une série d'attaques meurtrières. Ce n'est pas eux qui voient s'envoler deux ans de travail en trois nuits de carnage. Ils nous ruineront avec le sourire pour s'offrir le plaisir d'annoncer que le loup est revenu « dans son milieu naturel », comme ils disent. Des bureaucrates irresponsables, voilà ce qu'ils sont !

– Mais vous êtes mieux indemnisés maintenant, plaidait Agnès. Et ils vous construisent ces nouvelles cabanes pour loger dans les alpages à côté des brebis.

– Quinze cents francs de prime pour trente brebis qui ont avorté à cause du stress, tu veux rire ! Quant aux cabanes, c'est tout juste des abris de jardin, un gros coup de vent et elles s'effondrent. La vérité, c'est qu'il n'y en a plus que pour les loisirs et la distraction Le loup est attractif, installons des loups dans la montagne et nous aurons des tas de touristes.

– Tu sais bien que c'est faux, s'emportait Agnès. Personne n'a installé les loups ici. Ils sont venus seuls. Les meutes d'Italie devenaient trop grosses, les célibataires sont simplement montés jusqu'ici chercher d'autres territoires.

– En sautant à pieds joints par-dessus la banlieue de Gênes ? Tu veux rire.

– Écoute, concluait généralement Agnès de guerre lasse, j'utiliserai toute ma connaissance des loups pour t'aider à t'en protéger, mais ne compte pas sur moi pour les détruire. Je suis venue ici pour les étudier, pas pour les chasser.

Jean-François connaissait l'argument par cœur. Elle l'avait avancé dès qu'ils s'étaient connus. Mais, de temps en temps, quand la semaine avait été trop dure, il explosait. Pour qu'elle l'écoute, en fait, et qu'elle le réconforte. Jamais il ne lui aurait demandé de partir en chasse contre les loups. Même en 1998, quand il avait perdu plus de trente brebis en un mois. Il aimait Agnès, sa générosité, sa droiture et sa passion pour les loups. Peut-être même était-ce ce caractère passionné qui l'avait attiré, cette envie de comprendre qui animait si fort Agnès, et surtout ce respect attentif pour d'autres modes de vie que le sien, que ce soit celui des loups ou celui des éleveurs.

Malgré les espoirs secrets de Clément, les loups n'ont pas séparé Agnès de Jean-François. Mais leur vie et leurs mœurs, c'est avec son fils qu'elle les partage.

– Ce n'est pas moi qui vendrai la mèche, jure-t-il en appuyant la tête sur l'épaule de sa mère.

Chapitre 2

Ils sont arrivés à la ferme à dix-huit heures, Jean-François ne va pas tarder. Agnès a mis le lait à chauffer pour le chocolat de Clément et elle a filé se recoiffer. Depuis qu'il a monté le troupeau à la Villette, Jean-François revient passer le samedi soir et une partie du dimanche à La Bollène. Lousteau, un berger qui loue ses services à l'occasion, monte le remplacer. La présence d'un homme n'empêche pas les attaques de loup, mais elle limite les dégâts.

Chaque samedi, Agnès se fait belle. Clément déteste ce moment. Il déteste voir débarquer Jean-François, les chaussures de montagne pleines de boue, saisissant sa mère à bras le corps pour l'embrasser. Et elle qui se prête à ce jeu avec un plaisir évident. Quelle idée a-t-elle eue de venir dans cette vallée reculée exercer son métier ! Ils n'auraient jamais dû quitter Lyon et les lumières de la ville, le laboratoire où travaillait Agnès et les bouquets de fleurs de Stéphane, son gentil collègue qui l'emmenait dîner chaque semaine mais n'était jamais resté dormir à la maison.

– J'aime bien sortir avec lui, disait-elle, il est charmant. Mais ici, c'est chez nous.

Seulement Jean-François a des épaules autrement plus carrées que Stéphane, et ce n'est pas un gentil, lui, il ne se laisse pas mettre à la porte. Le premier soir où il a emmené Agnès au restaurant, il est revenu avec elle et, le lendemain, Clément l'a trouvé à la table du petit déjeuner.

Jean-François prend trop de place. Dès qu'il est là, Agnès ne regarde que lui. Pourtant il n'est pas très bavard – moins que le gentil Stéphane –, et pas toujours très aimable. Heureusement qu'il part en estive presque toute la semaine, de mai à octobre. Clément est injuste et il le sait. Il pense même que Jean-François l'aime bien : il lui a offert une PlayStation et des tas de jeux pour qu'il ne s'ennuie pas, il lui propose des balades en montagne et quand il peut, l'été, il l'emmène se baigner à la mer. Clément accepte du bout des lèvres pour ne pas peiner sa mère. Mais il préfère quand Jean-François est fatigué et de mauvaise humeur. Au moins, il peut lui en vouloir en toute bonne conscience. Ce soir, rien qu'au claquement de la portière dans la cour, il sent que Jean-François fournira de bons prétextes à sa rancœur. Déjà, il ébranle la porte en s'y appuyant pour ôter ses énormes chaussures.

– Saloperie d'orage, gronde-t-il en entrant.

– Celui d'hier soir ? s'enquiert Agnès, pimpante et parfumée.

Clément se demande pourquoi elle se pomponne pour accueillir un type qui ne s'est pas lavé depuis cinq jours et qui pue le suint.

– Il est tombé pas loin, sur la cime de Raus. Tintin est parti droit devant lui, et une dizaine de ces idiotes l'ont suivi dans le pierrier. Ce matin, j'avais trois pattes cassées.

Tintin est un des cadets castrés qui conduit le troupeau. Il a sa troupe de fidèles brebis qui les suit partout, lui et sa cloche, jusque dans la pierraille. Clément trouve Tintin parfaitement stupide.

– J'espère que tu m'as rapporté assez de bandes plâtrées de la pharmacie.

– La pharmacie ! s'écrie Agnès, la main sur la bouche. J'ai oublié.

Après les courses au Carrefour de Lingostière, elle n'avait qu'une idée en tête aujourd'hui : montrer la tanière de la louve à Clément. Elle n'a plus pensé au reste.

– Les antibiotiques aussi, tu les as oubliés ? soupire Jean-François. Il va falloir que je cherche la pharmacie de garde demain si je veux avoir de quoi soigner les bêtes en remontant.

Agnès rougit comme une petite fille prise en faute.

– Ce n'est pas encore fermé à Lantosque, je descends en vitesse, comme ça tu n'auras pas besoin de courir demain. Le rôti est au four, surveillez-le, je reviens dans une demi-heure.

Quand Jean-François redescend fatigué de la Villette, Agnès se couperait en morceaux pour lui faire plaisir.

– Il ne mène pas une vie drôle tout seul là-haut, sans eau ni électricité. C'est bien la moindre des choses qu'on l'accueille avec le sourire, se justifie-t-elle.

Le sourire, le tee-shirt neuf, le parfum, le rôti… et

Clément ne veut pas penser à la nuit, une fois que Jean-François se sera décrassé. Sa mère est devenue une vraie femme d'éleveur, à croire qu'elle est heureuse comme ça.

– Tu ne vas pas descendre à cette heure-ci ! proteste Jean-François.

Il regrette son accès de mauvaise humeur. Lui aussi est heureux de la retrouver, même s'il est entré en bougonnant.

– Prends ta douche, allume la télé, je fais l'aller et retour.

D'un baiser léger, Agnès l'empêche de protester.

– Tu veux bien mettre la table, Clément ? demande-t-elle avant de sortir, avec un sourire pour lui aussi.

Chaque fois qu'elle a des gentillesses particulières pour Jean-François, comme pour conserver l'équilibre de la maison, elle trouve un geste ou un mot pour son fils. Ça va, il mettra la table, Jean-François aura sa soirée tranquille.

– Ta semaine s'est bien passée ? demande Jean-François quand Agnès est sortie.

Quand elle les quitte, le silence entre eux devient tout de suite pesant. Clément ne cherche pas à le rompre, c'est toujours Jean-François qui se donne cette peine.

– On prépare le Nikaïa.

Chaque année, la grande fête sportive est ouverte par une mini-compétition entre les enfants des écoles du département. Il n'y a pas plus grande gloire que d'être sélectionné pour participer au Nikaïa.

– Tu t'inscris pour la course, comme l'année dernière ?

Clément n'a pas la résistance des garçons nés dans la vallée pour les longues marches en montagne, mais pour une pointe de vitesse sur quarante mètres, il ne craint personne.

– Je me suis amélioré de cinq dixièmes.

– Tu finiras premier cette fois.

– Faut voir, les autres aussi ont grandi. Et toi, en dehors de l'orage, ça a été ?

– En ce moment, les loups vont plus loin, dans la Gordolasque. C'est Fraigneau qui a dégusté cette semaine.

Grâce à son téléphone portable, Jean-François sait souvent avant les gens du village ce qui se passe dans la montagne.

– Avec les chutes dans les pierriers, j'ai surtout des blessures, mais ta mère va me rapporter des antibiotiques. Ça devrait aller mieux la semaine prochaine. Tu monteras pour la Pentecôte ?

Ils ont trois jours de vacances. S'il fait beau, là-haut ce sera superbe. Agnès adore monter à la Villette à la Pentecôte. Les perce-neige pointent partout leurs têtes blanches, les premières gentianes, de ce bleu si profond, étoilent les pâturages comme des cadeaux, l'herbe est assez haute pour qu'on couche dedans, les ruisseaux deviennent des cascades. Clément aussi aime bien monter aux estives, mais il n'aime pas dormir dans la cabane, à un mètre du lit d'Agnès et Jean-François.

– On verra.

Jean-François n'insiste pas. Il disparaît dans la salle de bains. Clément pose les assiettes sur la table, regarde dans le four. Il ne se souvient plus des consignes de sa mère. A quelle heure faut-il éteindre le rôti ? Tant pis, si c'est trop cuit, ce sera la faute des brebis qui ont toujours besoin de médicaments.

Quand Jean-François sort de la douche, encore humide et fleurant bon la savonnette, la table est mise et Clément est collé devant la télévision. Jean-François s'effondre à côté de lui, dans l'autre fauteuil. Pendant dix minutes, ils regardent en silence le feuilleton de la 6. Mais Jean-François a faim. Il se lève, tourne autour du four, croque trois radis. Il ne s'impatientera pas à voix haute, mais il trouve qu'Agnès met beaucoup de temps. Clément rit sous cape. Sa mère a dû rencontrer une amie, elle préfère bavarder plutôt que servir l'homme de la maison. Et ce n'est pas lui qui proposera d'entamer le dîner, que le seigneur et maître attende un peu. Sa mère n'est pas une servante, elle en fait déjà bien assez.

Jean-François revient s'asseoir devant la télé. Il tient encore dix minutes, mais, comme chez les loups, la faim est la plus forte.

– Qu'est-ce qu'elle fabrique, ta mère ? Voilà une heure qu'elle est partie.

– Elle a dû en a profiter pour faire d'autres courses.

– Tout est fermé à Lantosque, à cette heure-ci.

– Elle est peut-être passée voir Marie-Jo.

Marie-Jo est garde au Parc national, c'est la seule femme au milieu de cinq hommes. Agnès et elle font souvent des reconnaissances ensemble, elles sont devenues amies.

Jean-François demande à Clément de mettre les informations et fait mine de s'intéresser aux nouvelles du monde pendant un instant.

– C'est pas normal !

Il se lève et prend sa veste.

– Je vais voir.

– Je viens avec toi, crie Clément sans comprendre pourquoi, tout à coup, lui non plus n'aime pas ce retard.

Agnès aurait-elle fait volontairement mariner Jean-François un samedi soir, après une semaine d'absence ?

– La route est une vraie patinoire avec cette pluie, marmonne Jean-François.

Et les pneus de la 104 sont bien usés à force de parcourir les pistes empierrées. Voilà trois mois qu'Agnès annonce qu'elle devrait les changer. Le 4 x 4, avec ses larges roues, ne risque pas de déraper, lui. Mais Jean-François a beau connaître par cœur les tournants en épingle à cheveux de la descente dans la vallée, il ne dépasse pas le trente. C'est au dernier tournant qu'ils tombent sur l'attroupement. Il y a déjà dix voitures arrêtées sur le bas-côté, dont le Trafic bleu des gendarmes avec son gyrophare clignotant. Les gens sont tous penchés au bord du ravin. Une lampe électrique s agite dans la pente. Quelqu'un en remonte.

– C'est une 104, dit une voix essoufflée, il y a une femme dedans, on la ramène.

Le sang se retire d'un coup de la tête de Clément. Il tombe dans un trou noir. Quand il rouvre les yeux, il sait, au visage de Jean-François, que sa mère n'est plus vivante.

Chapitre 3

Clément ne veut plus ni manger, ni boire, ni sortir, ni voir le soleil. Surtout pas le soleil qui ce matin chauffe déjà l'air léger. Agnès adorait le soleil des matins de mai. Sur la terrasse, assise face à lui, visage tendu vers ses rayons, elle s'épanouissait de plaisir.

Depuis trois jours, Clément est enfermé dans sa chambre. Seule Caroline, son institutrice, la plus jolie maîtresse de la Vésubie, la meilleure amie de sa mère, a réussi à pénétrer dans son antre. D'elle, il a accepté la bouteille de lait et les tartines. Il ne sort que pour aller aux toilettes, et encore, la plupart du temps, il pisse dans le lavabo de sa chambre.

Dès qu'il lève le nez vers la fenêtre, il a envie de hurler. Agnès ne verra plus le ciel bleu foncé au-dessus des cimes, elle ne se trempera plus les pieds dans les torrents après une longue marche, elle ne le prendra plus contre elle en lui murmurant à l'oreille qu'il est le plus merveilleux des fils et le plus téméraire des hommes. Agnès ne descendra plus se baigner à Nice avec lui, elle ne le guidera plus dans la montagne sur la piste des loups. Agnès est morte. Et c'est la faute de Jean-François. Qu'il crève, lui aussi, avec ses maudites brebis et leurs putains de bandes plâtrées qu'il faut aller chercher le soir sinon monsieur ne pourra pas les soigner. Qu'il crève.

– Clément, insiste la voix de mamie Marie derrière la porte, c'est l'heure, tu viens avec nous ?

Ils vont lui offrir une belle messe d'enterrement. L'église sera pleine. En quatre ans, Agnès s'était fait beaucoup d'amis. Tout le monde l'aimait. Tout le monde la voulait un peu pour soi. Il n'ira pas chanter avec eux la tristesse d'avoir perdu sa mère. Est-ce que ça se chante, ces choses-là ? Et après, ils vont la mettre dans la terre, pour qu'on n'y pense plus. Dans la terre ! Elle va étouffer là-dessous. Elle aimait le grand air, Agnès, l'air vif des sommets. Ils vont l'enfouir. Clément ne les accompagnera pas, il ne sera pas complice de cette abomination.

– Laisse-le, maman, inutile de le forcer. Un enterrement, c'est dur pour un gosse.

Jean-François se permet de jouer les protecteurs ! Quelle hypocrisie.

La cloche de l'église sonne, lente, lugubre, pour Agnès. Des groupes silencieux, vêtus de noir – c'est de circonstance –, sortent des maisons. Et ils voudraient que Clément se joigne à eux ? Il n'est pas d'ici, Clément, il n'a rien en commun avec eux. Il n'y a que sa tante, la sœur d'Agnès qui est venue de Lyon avec son mari, qu'il aime bien. Mais ils vont se coller avec les autres devant le cercueil.

La cloche se tait enfin. Ils sont entrés maintenant. Tout à l'heure, quand la cérémonie sera finie, ils repasseront devant la maison pour se rendre au cimetière. C'est comme ça qu'on fait d'habitude. On enterre le mort tout de suite après la messe, on embrasse la famille en versant beaucoup de larmes, puis on va chez les parents boire un coup pour se réconforter. Clément les a observés à la mort du grand-père de son amie Stéphanie, il y a deux ans.

Quand ils reviendront, il ne pourra plus échapper à leur apitoiement. D'un seul coup, il se sent piégé. Il sort en courant pour être au cimetière avant tout le monde. Il restera caché et quand ils seront partis, il ira dire au revoir à sa mère tout seul. A moins qu'il saute dans le trou pour se coucher à côté d'elle.

Accroupi derrière une pierre tombale au fond du cimetière, Clément est secoué de sanglots. Ce trou dans la terre, avec les cordes préparées pour descendre le cercueil, est abominable. La cloche sonne de nouveau, ils prennent leur temps pour sortir, ça doit être solennel, un enterrement, il ne faut pas avoir l'air pressé. Clément a mal aux genoux. Il s'assoit dans la terre humide, le front collé contre la pierre tiède. Les voilà, le corbillard noir devant, à trois à l'heure comme un cheval au pas, et les autres à pied derrière, Jean-François en tête, raide, les épaules encore plus carrées que d'habitude dans son costume de cérémonie, celui qu'il avait acheté pour le mariage.

Clément se ratatine derrière la tombe, il ne veut pas qu'on le voie, mais il ne peut s'empêcher de regarder. Anouk, sa tante, et José, son mari, se sont placés à côté de Jean-François, puis mamie Marie, Caroline et Marie-Jo qui n'arrêtent pas de pleurer et les cinq gardes du Parc, en costume de ville. Jamais Clément ne les avait vus autrement qu'avec leur tenue de terrain, ils ont l'air déguisés dans ces complets trop habillés. Puis le maire, et le reste du village. Ils sont au moins cent. Anouk parle à l'oreille de Jean-François qui indique la maison du menton. C'est de lui qu'ils s'inquiètent. Qu'ils continuent, il ne rejoindra pas le troupeau, il ne se placera pas à côté de Jean-François comme s'ils étaient partenaires dans la peine.

Ça dure, ça dure. Ils n'en finissent pas de parler, de pleurer, de s'embrasser. Clément se met à les haïr. Même morte, ils n'arrêtent pas de l'accaparer. Enfin, Jean-François et Anouk font demi-tour. Clément attend qu'ils aient tous disparu pour sortir de sa cachette, puis, malgré lui, il se place comme eux devant le trou et il pleure à gros hoquets.

Il reste là longtemps à piétiner la terre fraîchement remuée, assommé de tristesse. Des pas sur la route le

tirent de son engourdissement. Si on le trouve ici tout seul, on le reconduira gentiment à la ferme. Alors, d'un seul coup, Clément sait ce qu'il doit faire : il prend une grande soucoupe sous un pot de fleur et il se sauve, le plus vite qu'il peut, vers la montagne, vers Malagratte. Vers la louve.

Est-elle encore vivante, elle ? Elle n'a peut-être pas bu depuis deux jours. Agnès avait promis de l'aider, c'est à Clément de s'en charger maintenant. Lui seul connaît l'endroit où elle se terre. Il est déjà cinq heures, en marchant bien, dans deux heures, il devrait être au point de départ du sentier qui monte vers la tanière. Le soleil sera encore assez haut pour lui laisser le temps de retrouver le trou sous les nouvelles pousses du hêtre et de déposer le récipient rempli d'eau.

Clément marche d'un bon pas. D'une branche de

noisetier, il s'est confectionné une canne. Agnès ne partait jamais sans canne. Chaque pierre, chaque détour du chemin lui rappelle une promenade avec sa mère, mais, au moins, il est seul sur la route et seul avec elle dans ses souvenirs. C'était leur balade préférée. Clément l'aimait d'autant plus qu'ils auraient pu monter voir Jean-François mais qu'ils n'allaient pas jusqu'au bout, le laissant seul là-haut dans ses pâturages. Eux rentraient ensemble à la ferme se chauffer au coin du feu ou rêvasser sur la terrasse.

En une demi-heure il arrive à la chapelle Saint-Sauveur, essoufflé. Il a bien marché. Agnès faisait toujours une petite halte à la hauteur de la chapelle, frontière entre les environs du village, les pâturages proches où l'on emmène les bêtes pour la journée après l'agnelage, et la forêt. Plus loin, la nature devient inquiétante, les cimes montent à plus de mille cinq cents mètres, les pentes de part et d'autre du chemin se raidissent et se couvrent de sapins serrés et sombres. Clément ne pénètre jamais dans la forêt sans appréhension. Ici, les hommes ne sont que de passage. A force de l'avoir parcouru avec Agnès, Clément se sent moins étranger dans le vallon de Malagratte, mais, à mesure qu'il s'éloigne du village, ses craintes d'enfant de la ville reviennent insidieusement.

Il lui faut plus d'une heure pour atteindre le pont de l'Oli, sans s'arrêter. Il n'avait jamais remarqué, avant, comme ces lieux étaient silencieux malgré les animaux qui y vivent. Les seuls bruits aisément reconnaissables proviennent des cascades et des moteurs d'avion très haut dans le ciel. Les autres sont si furtifs qu'il est difficile de distinguer le frémissement d'une branche agitée par le vent d'un pas discret dans le sous-bois. Le soleil descend vite. Clément s'efforce de ne pas y prêter attention. De toute façon, il sera mieux seul ici qu'à La Bollène avec ces gens qui prendront des mines désolées pour lui parler.

Il ne devrait pas être loin de son but maintenant. L'autre jour, ils avaient passé le vallon du Blavé et laissé la voiture un peu plus haut. Clément scrute le versant boisé que l'ombre commence à recouvrir. Ils étaient montés par là, il s'en souvient. Ou juste un peu plus loin, il va retrouver le sentier. Mais il ne voit aucune piste entre les troncs. Tant pis, il ira au hasard.

Il remplira d'abord son écuelle de fortune dans le ruisseau de la Planchette, qui court en contrebas de la route, en s'efforçant de ne pas renverser l'eau en remontant. Ensuite il grimpera jusqu'à ce qu'il retrouve le rocher, puis la trouée entre les sapins qui indique l'ancienne place du hêtre, où se trouve la tanière.

Mais tous les rochers se ressemblent et des trouées entre les sapins, il y en a partout. Clément monte, le soleil descend et l'eau se renverse. Au bout de vingt minutes de marche, il n'en reste quasiment plus dans l'écuelle. Inutile de continuer, il n'a plus rien à apporter et il n'y voit plus assez clair. Bientôt il sera plongé dans les ténèbres, et peut-être même dans le brouillard qui souvent tombe comme une chape sur les sommets en fin de journée. Il faut qu'il redescende jusqu'au chemin pour rejoindre la grange de Praï, qui ne doit pas être très loin. En marchant vite, il devrait l'atteindre avant la nuit. Il arrivera bien à forcer la porte pour s'y réfugier.

L'automne dernier, Barnabé a estivé dans le coin. Il a peut-être laissé des allumettes et quelques provisions. Clément court presque sur le chemin empierré du fond du vallon. A mesure qu'il se rapproche du but, des bruits familiers se font de plus en plus nets : tintements de cloche, aboiements, et quelques bêlements. Un troupeau, donc un berger.

– Y a quelqu'un ? crie Clément, en agitant les bras.

De la lumière apparaît à la porte de la cabane.

– Y a quelqu'un ?

– Gare aux patous [1], ordonne une voix rocailleuse. Attends-moi là, je viens te chercher.

Clément s'arrête net. Il aurait dû y penser, les patous se méfient de tout rôdeur, homme ou bête, qui leur semble menaçant. Élevés au cœur du troupeau, ils ont le sentiment d'en faire partie. A la moindre alerte, ils sont debout, babines retroussées, prêts à défendre leur famille. Depuis le retour du loup, chaque troupeau a ses patous.

– C'est toi, Barnabé ?

– Le petit d'Agnès ! Qu'est-ce que tu fais là, mon bonhomme ?

Agnès s'arrêtait souvent, au cours de ses randonnées d'observation, pour prendre le café à Praï avec Barnabé. C'est le plus ancien éleveur du village.

1. Les patous sont de gros chiens blancs des Pyrénées qui vivent avec les brebis et les défendent contre les attaques des loups, mais aussi de tout animal ou personne qui semble les menacer.

Il a commencé avec des vaches, comme ses parents, puis il est passé aux brebis quand c'est apparu plus payant. Lorsqu'il est d'humeur loquace, il peut en raconter long sur la vie dans la vallée, les pratiques d'autrefois, celles qui ont disparu et celles qui se sont transformées. Pour Agnès, à l'affût de tout ce qui l'aidait à mieux comprendre l'âme du pays de Jean-François, il était une précieuse source d'informations. Elle savait attendre le temps qu'il fallait, et boire le nombre de cafés voulus, pour qu'il se mette à parler.

– Je ne voulais pas assister à l'enterrement, répond Clément, buté.

– Ça se comprend, grommelle Barnabé après un long moment de silence. Moi non plus, j'y suis pas allé. C'est pas la messe qui compte, c'est le souvenir.

La voix du berger s'est comme enrouée. Au fil du temps, lui aussi s'est retrouvé seul. Il a d'abord perdu sa femme d'une sale maladie, puis sa fille est partie faire la vendeuse à Nice, c'était moins dur que d'aider son père à la ferme, et plus amusant sans doute.

– Tu leur as dit, à La Bollène, que tu montais jusqu'ici ? finit-il par demander.

– Ça les regarde pas, c'est pas ma famille.

– Ça empêche pas de s'inquiéter.

– M'en fous.

– Allez viens, dit doucement Barnabé en le prenant par les épaules, tu dois avoir faim après tout ce chemin. J'ai fait une daube, tu vas me la goûter.

Les grands patous blancs, rassurés, viennent flairer le nouveau venu et retournent se fondre dans le troupeau. Un feu de bois brûle dans la petite cheminée de l'unique pièce de la cabane. Sur le camping-gaz, la daube mijote, ça sent bon. Le village et ses habitants sont loin, de l'autre côté de la forêt, Clément a bien envie de rester là.

– Tu vas pas leur téléphoner ? s'alarme-t-il.

– Avec quoi ? s'amuse Barnabé. J'ai pas les moyens de me payer un portable, moi.

Avec ses cent brebis mères, celles qui lui restent après les attaques des loups, certains se demandent même comment il vit. Pourtant, il a été l'un des premiers à se lancer dans le mouton, il y a vingt ans. Mais lui n'avait pas de réserves pour racheter des bêtes lorsque le loup est venu se servir dans son troupeau, ni de patous pour le défendre, à l'époque. Et quand sa fille est partie, il n'a plus eu personne pour l'aider. Dans la vallée, à voix haute, on le plaint. Mais à voix basse, on dit qu'il ferait mieux de tout lâcher et d'accepter ce boulot d'employé de la voirie que la mairie de La Bollène lui propose.

Barnabé n'a peut-être ni 4 x 4 flambant neuf ni téléphone portable, mais il sait faire de la bonne cuisine.

Clément engouffre une énorme portion de daube et de pâtes, une cuillerée après l'autre, presque sans respirer. Le berger le regarde du coin de l'œil en fumant sa cigarette.

– Je te redescends ? demande-t-il quand Clément a fini de saucer son assiette.

L'antique 4L de Barnabé ne doit pas être garée loin, le chemin carrossable arrive pratiquement jusqu'à la cabane. De nuit, on voit mal les trous et les pierres de la piste, surtout avec le brouillard qui commence à tomber, mais en roulant prudemment, en une demi-heure Clément serait rentré à la ferme.

– J'peux pas dormir ici ?

– Tu veux vraiment emmerder Jean-François ?

– C'est de sa faute si ma mère est morte.

Barnabé hoche la tête avec une moue fataliste comme s'il regardait rouler une avalanche qu'il ne sert à rien d'endiguer.

– C'est bon, pour ce soir, je te garde. De toute façon, avec mes phares à moitié fichus, je risquerais de te mettre dans le fossé. Mais demain, faudra rentrer, petit.

– D'accord, soupire Clément.

Demain, c'est loin, il a le temps d'aviser. Le lit, le long du mur du fond, n'est pas très large et Barnabé dégage une odeur encore plus forte que celle de Jean-François quand il redescend après cinq jours à la Villette, mais Clément est tellement épuisé qu'il s'endort en deux secondes, juste le temps d'évoquer l'image d'Agnès entrant dans sa chambre pour l'embrasser.

Chapitre 4

Un parfum de café et le chuintement de la cafetière italienne, celle qu'on retourne quand ça bout, réveille Clément. Il fait froid dans la cabane, mais dehors le soleil vient d'apparaître au-dessus des cimes. Les brebis commencent à bêler pour qu'on les conduise vers les prés où elles pourront brouter à satiété. Barnabé vide un sac de croquettes dans les écuelles des chiens, qui se ruent dessus, rappelant d'un coup à Clément que la louve n'a même pas à boire.

C'est d'elle qu'il doit s'occuper aujourd'hui, sans rien dire à Barnabé. Le loup, le berger ne le conçoit qu'au bout d'un fusil.

– T'as pris ton café ? lui crie-t-il. Y a du lait et du beurre dans le garde-manger, sous l'auvent.

Son bol de café au lait d'une main, sa tartine de l'autre, Clément s'installe sur le banc devant la cabane, face au soleil levant. Dès que les chiens auront mangé, Barnabé reconduira le troupeau un peu plus haut, vers les pâturages de la Barme. Autour de la grange, la clairière est juste assez large pour les garder la nuit. La montagne sent le printemps. La saison qu'Agnès

préférait. Chaque année, quand la neige avait disparu, ils partaient ensemble inspecter le vallon, relever les dégâts de l'hiver, les arbres cassés par les coulées de neige, les ravines élargies... La tournée était prévue pour la semaine suivante. Clément serre les dents, mais ses larmes remontent quand même. D'où il est, Barnabé ne peut pas les voir.

– J'ai un paquet de bêtes à soigner, annonce le berger. Elles m'ont attrapé le piétin à dormir toujours dans la même boue.

Comme il ramène le troupeau tous les soirs dans le pré qui entoure de la cabane pour le protéger des attaques, il n'y reste plus un brin d'herbe. Il suffit d'une pluie pour transformer le dortoir des bêtes en cloaque.

– Je descendrai aux provisions après, vers deux heures, pendant qu'elles chômeront. Je te déposerai à La Bollène. Ça t'ira ?

Quand elles ont brouté leur herbe du matin, les brebis repues ruminent leur repas au soleil, à moitié assoupies, jusqu'en fin d'après-midi. Les bergers disent qu'elles chôment.

– Je vais partir tout de suite, annonce Clément d'un ton déterminé, comme s'il avait mûri sa décision. Je veux voir la sœur de ma mère avant qu'elle retourne à Lyon.

– Tu vas t'en aller avec elle ?

Barnabé semble soulagé de lui savoir une mère de remplacement. Clément n'avait pas songé à suivre Anouk. Certes, ils s'entendent bien, mais voudrait-elle s'encombrer de lui ? Elle a déjà deux enfants. Et puis… non… Clément ne peut laisser Agnès seule au cimetière. Mais l'idée plaît à Barnabé, bon prétexte pour partir à pied sans lui.

– Peut-être. J'y ai pensé cette nuit.

– Tu vas pas faire de conneries hein ? Tu me jures que tu descends ?

– Juré. Je peux te prendre une bouteille en plastique pour boire en route ?

Dans une bouteille, l'eau pour la louve ne se renversera pas.

– Derrière la cabane, y en a plein à brûler, indique le berger.

Tant qu'à faire, il peut bien en prendre deux, Barnabé n'en a pas besoin, et quelques vieilles assiettes en plastique ébréchées pour laisser des réserves à la louve.

– Merci, Barnabé, ta daube était super.

– Traîne pas en route, gamin, si tu veux arriver avant midi. C'est une bonne idée de partir avec ta tante.

Le vieux berger n'est pas mécontent de voir Jean-François privé d'un beau-fils de dix ans qui pourrait bientôt le seconder. La malchance ne doit pas toujours tomber sur les mêmes. Clément récupère sa canne de noisetier, glisse les assiettes en plastique sous son anorak, remplit ses bouteilles au jerrycan et s'en va d'un bon pas. Cette fois, il ne faut pas qu'il rate le grand rocher brun.

Est-ce que la louve a survécu à sa blessure ? Elle se traînait, avait dit Agnès, elle avait perdu du sang. Si elle n'avait pas pu retourner jusqu'au torrent, dans quel état était-elle ? Et les petits ? Agnès aurait veillé sur eux, elle serait parvenue à apporter l'eau près de la tanière. C'est à Clément de prendre le relais.

Il marche plus lentement maintenant, scrutant les bas-côtés à la recherche de points de repère. Il ne faut pas qu'il reste trop longtemps sur le chemin. Barnabé, pris de remords de l'avoir laissé partir seul, pourrait sauter dans la 4L pour s'assurer qu'il est bien en route vers le village. Mieux vaut grimper tout de suite et avancer à flanc de montagne. Ce sera plus dur et plus lent, mais moins risqué.

Quand il est assez enfoncé dans la forêt pour qu'on ne le voie plus, Clément essaie de progresser à peu près parallèlement à la piste. Il déboule dans les ravines, remonte péniblement, ses deux bouteilles pleines au bout des bras. Il tente de se rassurer : « Si je garde le soleil sur ma gauche, je suis dans la bonne direction. »

Mais cette fichue montagne est abrupte et masque parfois le soleil. Voilà une heure qu'il marche, il ne sait plus où il est. S'il redescend, il rejoindra forcément la route, donc il n'est pas perdu, donc il doit continuer. A un moment ou à un autre, il devrait apercevoir le rocher, au-dessous du bouquet de mélèzes. Il ralentit l'allure, essayant de copier le pas régulier d'Agnès, guettant les indices de passages d'animaux. Mais il n'a pas l'œil et l'expérience de sa mère. Il ne voit que des cailloux, de la mousse et, de temps en temps, quand le sous-bois s'éclaircit, un buisson de bois-gentil en fleur et des herbes folles. A part les fourmis et les oiseaux, les animaux se cachent bien.

Il n'est pas encore neuf heures. Il a une journée entière devant lui pour réussir, il doit y arriver. Un nouvel effort le hisse sur une butte : de là, il verra peut-être quelque chose. Le sommet est lisse et dégagé, il repose sur un grand rocher brun certainement visible du chemin.

Clément s'assoit pour savourer son succès. En temps normal, c'est-à-dire avant, quand il était avec Agnès, ils se seraient accordé une pause casse-croûte : un coup d'eau, un bout de fromage, deux abricots. Pas question de toucher à l'eau aujourd'hui, elle n'est pas pour lui.

D'où il est, il ne lui faut pas longtemps pour repérer la trouée entre les sapins, l'ancienne place du grand hêtre. La louve est là. Clément en a le cœur qui cogne, comme pour un rendez-vous amoureux. Il n'a pas peur, du moins il se répète qu'il n'a pas à avoir peur : soit elle est gravement blessée et elle ne bougera pas, soit elle est en forme et elle a déjà déménagé les petits parce qu'il s'en est trop approché avec Agnès. Donc il y va. Lentement, cette fois, un pas après l'autre, en essayant de garder le cap parce qu'une fois sous le couvert des arbres, il ne distingue plus très bien son objectif. Encore dix mètres, puis dix autres et il aperçoit l'entrée de la tanière sous les branches basses. S'il ne le savait pas, il ne verrait rien, mais il reconnaît l'arrondi des racines soulevées qui forment une voûte au-dessus de l'entrée. Clément reste longtemps immobile, l'oreille tendue. Il entend les cris des aigles très haut dans le ciel, c'est tout. La nature est complètement silencieuse. Il fait trois pas, puis encore trois autres, cette fois, le trou dans la terre est visible. Il dépose une assiette en plastique sur le sol, bien calée pour qu'elle ne se renverse pas, il ouvre une bouteille et verse l'eau, en faisant glouglouter le jet. Il veut que la louve, si elle est là, reconnaisse le bruit de l'eau qui coule. Il a eu cette idée en grimpant, c'est peut-être idiot, mais lui, s'il était assoiffé et qu'il entende ce bruit, il irait voir. Quand l'assiette est pleine, il recule aussi loin que possible pour apercevoir encore l'espace devant la tanière. Il se couche à plat ventre et attend.

Pendant une heure, rien ne se produit. Clément a des crampes, il bouge légèrement un coude ou un genou pour laisser circuler le sang. Il lui semble percevoir, par moments, de faibles couinements, comme ceux d'un chiot, mais c'est peut-être son imagination. Puis une ombre apparaît, une tache grise et blanche, un museau, une tête et ce large cou auquel pendent encore quelques mèches duveteuses de cette bourre que les loups perdent au printemps. Lentement, un corps à la fourrure épaisse et drue émerge de la terre. La louve boite beaucoup, elle avance en traînant la patte arrière gauche, comme si, de ce côté, tout son arrière-train ne lui obéissait plus. Elle flaire le sol, recule, revient et, avec effort, parvient jusqu'à l'écuelle qu'elle lape jusqu'à la dernière goutte. Elle examine les fourrés autour d'elle, soupçonneuse, pense Clément puis, aussi maladroitement qu'elle était sortie, elle rentre sous terre.

Clément attend encore un long moment avant de retourner, avec tout autant de précautions, jusqu'à l'écuelle et d'y vider le reste de la bouteille. Puis il dépose les autres assiettes à côté, les remplit et repart à reculons. La louve a compris, elle sortira boire le reste quand elle en aura envie.

Ses bouteilles de plastique sous le bras, Clément dévale la pente. Elle était là, vivante, avec les louveteaux, c'est eux qu'il a entendus, c'est sûr. Et elle a bu. Elle est peut-être sauvée, grâce à lui.

– J'ai réussi ! hurle-t-il en se frappant la poitrine avec une bouteille vide. Elle ne mourra pas.

La piste est en bas, il ne peut pas la manquer et, de là, il suffira d'une heure et demie pour redescendre à La Bollène. Il y sera avant Barnabé.

Comme il le pensait, il retrouve facilement la piste. Cette fois, il va placer un repère à l'endroit où il faut la quitter. Il hisse sur le talus une grosse pierre jaune, de celles qui ont servi à consolider la chaussée. De cet endroit, en levant le nez vers le sud, on distingue nettement le bouquet de mélèzes et en dessous, entre les branches des sapins qui le cachent, une nuance de brun, un coin du rocher. Il ne pourra plus le manquer.

Clément marche aussi vite qu'il peut. Il va leur raconter quoi, en rentrant ? Il ne pourra pas leur cacher qu'il est monté jusqu'à la grange de Praï, Barnabé en parlera. Il ne faut pas qu'il ait l'air d'être arrivé là-haut exprès, personne ne doit deviner qu'il a une raison particulière de se rendre dans le vallon de Malagratte.

Il dira qu'il est allé au cimetière, qu'il s'y est caché et puis qu'il est parti, au hasard, sur la route, vers la montagne, qu'il a marché le plus longtemps possible et qu'au bout du chemin il a rencontré Barnabé. Ça suffira.

Clément n'a pas entendu passer le 4 x 4 de Jean-François, celui-ci n'est donc pas encore remonté. Il a dû demander à Lousteau de le remplacer jusqu'à ce qu'on l'ait retrouvé. C'était à prévoir, mais Clément aurait préféré ne pas le rencontrer.

Le village est maintenant visible, en contrebas de la route, et Clément ralentit. La ferme est là, à l'entrée du village : la maison, la bergerie, sans Agnès. Elle, elle est au cimetière, de l'autre côté de la route. Clément les hait, tous : Jean-François, les habitants de La Bollène.

Ils ont séduit sa mère, l'ont attirée dans leur piège : un bel homme un peu rugueux, une belle exploitation à développer, la vie dans la nature... elle en est morte. Pour faire plaisir au bel homme, soigner les bêtes de sa belle exploitation. Le feu, il faudrait mettre le feu à tout ça.

Mais Clément continue quand même à descendre, il distingue le Trafic des gendarmes dans la cour. C'est pour lui, ce comité d'accueil. Tout le village doit être au courant de sa fugue, on jase sûrement déjà. Si le gamin s'est sauvé, il avait bien des raisons, n'est-ce pas ? Jean-François, avec ses airs de combattant solitaire, ne doit pas être drôle tous les jours. Clément sourit, il va leur fournir de quoi cancaner.

Sur le pas de la porte, quelqu'un regarde obstinément la route, puis agite les bras dans sa direction : mamie Marie, la mère de Jean-François. Elle doit avertir les autres car dix personnes sortent en même temps de la maison, trois gendarmes en tête, et ils courent à sa rencontre.

– Clément, mon petit, où étais-tu passé ?

Mamie Marie bouscule les gendarmes pour le serrer contre elle. Clément, raide comme un piquet, se laisse embrasser sans répondre. Il aime bien la vieille dame, mais il n'a aucune envie de le montrer.

– Ça va ? demande un gendarme. Rien de cassé ?

Clément hoche simplement la tête et les suit vers la ferme. Jean-François l'attend sur le seuil :

– Ça va, gamin ?

Il tend la main pour lui frotter le dessus de la tête, comme il le faisait avant, quand ils partaient ensemble en balade. Clément recule. Jean-François retire sa main. Anouk, qui l'a attendu, bien sûr, le prend à son tour dans ses bras.

– Clément, mon bouchon, tu m'as fait une de ces peurs !

Elle a la même odeur qu'Agnès. Malgré la promesse qu'il s'est faite de rester le plus froid et distant possible, Clément s'effondre sur l'épaule douce d'Anouk, qui le berce un moment contre elle.

– Où as-tu dormi cette nuit ?

– Dans la cabane de Barnabé, répond tranquillement Clément en s'écartant.

– A Praï ? s'exclament ensemble tous ceux du pays.

– Je sais pas, là-haut, au bout de la route.

– T'as marché jusque-là ?

– J'ai marché, et j'ai trouvé Barnabé.

– Tu as mangé ? s'inquiète mamie Marie.

– Barnabé avait fait de la daube, et du café ce matin. Ça va.

Ils sont satisfaits, il est revenu en bonne santé. Il boude mais c'est normal. Ils ne le harcèleront pas de questions. Personne ne saura qu'il est monté à Malagratte pour un rendez-vous avec la louve.

Chapitre 5

Comme Clément le prévoyait, Barnabé s'arrête à la ferme pour voir s'il est bien rentré. Ça rassure les autres : il ne va pas si mal puisqu'il est revenu de lui-même comme il l'avait promis au vieux berger. Avant de s'en aller, Anouk lui propose gentiment de venir à Lyon avec elle, quelque temps ou définitivement, comme il veut.

– Pas maintenant, merci, répond Clément. Après, on verra.

D'abord la louve a besoin de lui, et puis s'il partait, il aurait l'impression de perdre définitivement Agnès. Où qu'il passe, elle apparaît, elle ne l'a pas vraiment quitté. S'il s'en va, il a peur qu'elle s'efface plus vite. Et il ne fera pas à Jean-François le cadeau de se retirer de sa vue. Il restera pour que le berger le retrouve comme un remords vivant, à chaque fois qu'il redescendra de ses fichues estives.

– Jean-François remonte à la Villette cet après-midi, explique mamie Marie. Je viendrai habiter avec toi, en son absence.

Veillé par mamie Marie, Clément ne devrait pas avoir trop de mal à retourner à Malagratte. En redescendant vers le village, ce matin, il a eu le temps de réfléchir. Pour que ses absences n'inquiètent pas, il faudra qu'il fasse vite. Il emportera son VTT, le chemin de Malagratte a de longues portions peu pentues qu'il pourra remonter à vélo, et à la descente, il gagnera beaucoup de temps.

A seize heures, ils sont tous partis. Clément se retrouve seul avec mamie Marie dans la maison terriblement vide. Le manteau d'Agnès est accroché à côté de la porte, ses pantoufles encore glissées sous le banc à côté de l'entrée. Son pyjama pend dans la salle de bains et l'odeur de son parfum flotte encore dans sa chambre. C'est pire que samedi soir, quand on l'a trouvée dans le ravin. Clément claque la porte de la chambre, enfouit son visage dans l'oreiller d'Agnès pour pleurer tout son saoul, jusqu'à ce que mamie Marie vienne le chercher timidement.

– Tu ne veux pas goûter un peu, Clément ? Tu n'as rien mangé à midi. Je t'ai fait du flan au chocolat.

C'est sa façon de grand-mère d'essayer de le consoler. Quand ils sont arrivés, Agnès et lui, il y a trois ans, mamie Marie s'est sentie chassée. C'est elle qui tenait la maison de Jean-François, il n'avait jamais laissé ses conquêtes temporaires s'installer chez lui. Mamie Marie a cru qu'avec Agnès ça ne durerait pas plus qu'avec les autres. Seulement Agnès est restée et elle est même devenue officiellement maîtresse de la maison. Mamie Marie ne se résignait pas à ne s'occuper que de ses poules, de ses lapins et de son jardin. Dix fois par jour, elle venait voir si on avait besoin d'elle. Agnès avait d'abord été agacée. Clément espérait qu'elle ne supporterait pas les incursions permanentes de la vieille dame et qu'ils quitteraient la maison et son propriétaire. Mais Agnès ne savait pas détester les gens. Elle était toujours trop gentille. Elle avait laissé mamie Marie lui apporter ses premières fraises, lui éplucher les haricots verts de son jardin, nourrir les chiens les jours où elle devait descendre à Nice ou partir très tôt en montagne. Et surtout, elle l'avait laissée gâter Clément. Mamie Marie n'en revenait pas du bonheur d'avoir ce petit garçon à côté de chez elle. Elle désespérait de voir Jean-François lui faire des petits-enfants et voilà qu'il lui en tombait un du ciel, tout fini. Elle n'avait pas mis longtemps à découvrir son faible pour le flan au chocolat.

Pour le plus grand bonheur de mamie Marie, Clément en engloutit deux ramequins. Comme si les larmes lui avaient dénoué l'estomac.

– Regarde un peu la télé, pendant que je prépare le dîner.

Samedi, avant de monter à Malagratte, Agnès et lui avaient fait les courses et rapporté entre autres des cassettes pour le week-end. Clément avait choisi *Alien 4.* C'est peut-être le moment de le regarder. Pendant deux heures, au moins, il ne pensera à rien d'autre.

A côté du poste de télévision, sur le bureau, les dossiers d'Agnès sont restés ouverts. Les plans sur lesquels elle notait la localisation des indices du passage des animaux sont posés en pile dans un coin. Elle y travaillait encore vendredi soir. Clément la revoit, appliquée, penchée sur les cartes pendant qu'il regardait un match. Les gardes du Parc vont vouloir les consulter pour intégrer ses observations à celles de l'ensemble de l'équipe. Ça pourrait être dangereux si elle y a noté des indications concernant la tanière.

Clément se penche avidement sur les papiers. Ce sont des photocopies de morceaux de carte de la montagne. Agnès y a tracé au feutre de couleur les itinéraires qu'elle a suivis, ponctués par endroits de croix ou de ronds, accompagnés d'une lettre ou deux, ou de chiffres. Clément reconnaît quelques noms de cimes ou de vallons, le tracé d'un sentier de randonnée ou une route forestière.

Là, ces lignes qui se promènent au creux du vallon, presque parallèles, ça pourrait être le ruisseau de la Planchette et la piste de Malagratte.

C'est ça, le nom est écrit en italien : *Malagratta*. Et sur l'ubac, après le vallon du Blavé, à mi-pente, une petite croix surmontée d'un T. Cette carte ne partira pas pour les bureaux du Parc. Clément la plie discrètement et la pose sur ses genoux. Puis il prend le temps d'examiner un à un les autres plans. Il en trouve deux sur le vallon, avec des indications dont il ne comprend pas le sens. Pour plus de sécurité, il les subtilise aussi.

Puis il se colle devant la télévision pour regarder *Alien 4*.

Ce matin, Clément n'a plus d'excuse pour manquer l'école, sauf à déclarer qu'il ne veut pas y aller. Mamie Marie ne demandera pas mieux que de le garder près d'elle, mais certains finiront par insinuer tout bas qu'il est bien l'enfant fragile qu'il paraît, une chochotte, quoi.

Caroline devait le guetter. Dès qu'elle le voit arriver, elle vient vers lui, rassurée.

– Je suis heureuse que tu sois revenu, Clément, dit-elle en le prenant par les épaules.

Les élèves le considèrent avec circonspection. Clément a toujours été un peu distant, ils se demandent si la mort de sa mère ne va pas le rendre carrément sauvage. Mais Caroline a dû leur demander d'être aimables. Avec un bel ensemble complètement artificiel, ils avancent vers lui, des sourires hésitants plaqués sur les lèvres.

– Salut, Clément, dit Stéphanie la première.

Stéphanie a un faible pour lui. Elle est plutôt jolie avec ses grands cheveux bouclés et son visage rieur.

Mais Clément se méfie des filles, elles font des sourires enjôleurs pour attirer les garçons et après elles racontent tout ce qu'ils leur ont dit à leurs copines. Stéphanie est amie avec Lucie, et Lucie est la sœur de Nicolas et Bruno. Clément n'aime pas Bruno Biaggi. Trop crâneur, trop costaud. Toujours un brin méprisant pour Clément, ce pâlot qui passe ses week-ends avec sa mère. Il n'y a qu'à la course qu'il s'écrase. Là, le pâlot est imbattable. Mais ce matin, même Bruno Biaggi est aimable.

– Content de te revoir, Clément, dit-il en lui tapant sur l'épaule.

Clément acquiesce vaguement. Il ne sait pas bien comment se comporter. Il ne veut pas de leur pitié, mais on n'envoie pas promener des gens qui vous accueillent avec gentillesse. Heureusement, Caroline sonne la rentrée en classe.

Clément retrouve sa place à côté de Stéphanie. Il a l'impression d'être encore à moitié ailleurs, sur la piste de Malagratte, au cimetière, dans la montagne à attendre la louve. Caroline répartit les tâches entre les groupes et les laisse travailler seuls pendant qu'elle s'occupe des petits. L'école n'a que deux classes, une de la maternelle au CP, l'autre du CE1 au CM2. Ils sont cinq CM2, Bruno, Stéphanie, Sandrine Valéo, la fille du propriétaire du principal restaurant de La Bollène, Francis, le fils du facteur, et lui. Après Stéphanie, Francis est sans doute le plus sympathique, mais il se laisse facilement manipuler par Bruno. En fait, de toute la classe, celui que Clément préfère, c'est Nicolas, le petit frère de Bruno. Nicolas est vif, drôle et malin, bien plus que son grand imbécile de frère. Et, comme Clément, il adore les histoires de héros invincibles. Pour Nicolas, Clément a inventé Chang Li, un mystérieux justicier, formé au plus secret des arts martiaux, le *wing chow*, dont il a trouvé un manuel d'initiation dans une librairie de Nice. Dès qu'ils se retrouvent dans la cour, Nicolas réclame une histoire. Un des plus grands bonheurs de Clément est de voir vivre son héros dans le regard tantôt inquiet, tantôt jubilant de Nicolas.

Seulement, c'est un petit, un CE2, Clément n'ose pas l'accaparer trop souvent, Bruno finirait par se moquer de lui.

A la récréation, Nicolas vient tout de suite vers lui.

– T'es pas trop triste ?

Lui au moins ne tourne pas autour du pot en faisant semblant de parler d'autre chose.

– Si, avoue Clément. Je ne m'habitue pas.

– C'est arrivé comment ?

Clément ne savait pas que ça lui ferait autant de bien de raconter l'accident et surtout de dire pourquoi Agnès était partie précipitamment à Lantosque à la nuit tombée.

– T'es tout seul maintenant, alors ? conclut Nicolas, qui a compris que Clément a banni Jean-François de sa vie.

– Mamie Marie s'occupe de moi.

– C'est pas pareil.

Nicolas a exprimé spontanément ce que doivent penser les autres : Clément n'aurait jamais dû rester en Vésubie où plus rien ne l'attache. S'il reste là, c'est soit que personne ne veut de lui ailleurs, soit qu'il n'est pas assez courageux pour quitter ses habitudes. Clément ne laissera pas Nicolas sur cette impression.

– Je ne peux pas partir maintenant, dit-il à voix basse. Avant de mourir, ma mère m'a confié une mission.

– Une mission ?

– Secrète.

Clément se sent mieux, mais s'il en dit plus, Nicolas finira, même sans le vouloir, par le rapporter à quelqu'un.

– Il faut que je finisse un travail qu'elle a commencé.

– C'est dur ?

– Assez, mais je vais peut-être réussir. Quand ce sera fini, je te raconterai.

– Y en a pour longtemps ?

– Je ne sais pas encore. Ça ne dépend pas que de moi.

– Y a une autre personne dans le coup ?

– Quatre ou cinq.

Il doit bien y avoir trois ou quatre louveteaux.

Clément a eu raison de ne pas en apprendre plus à Nicolas. Bien que le petit ait promis de ne rien répéter, à treize heures trente, le sourire ambigu de Bruno montre qu'il a réussi à faire parler son frère. Nicolas a besoin, de temps en temps, de sujets de gloire pour contrebalancer l'autosatisfaction permanente de Bruno. L'amitié de Clément et leurs conciliabules sont une de ses meilleures armes. Il a du mal à ne pas s'en vanter.

Bruno n'ose pas encore ricaner ouvertement des missions secrètes, sûrement imaginaires, de Clément. Sa mère n'est enterrée que depuis deux jours, Bruno ne veut pas passer pour un salaud. Mais le bruit va se répandre, il gagnera Lucie, sûrement Francis, quelques CM1, et finalement Stéphanie.

Ils vont croire que la mort d'Agnès lui a fait perdre la tête. Au fond, ce n'est pas si mal. S'il refuse d'aller chez eux jouer à *Tomb Raider* ou regarder des cassettes, ils ne s'étonneront pas. Et lui ne risquera pas d'avouer, dans un moment d'épanchement, qu'il a rendez-vous tous les deux ou trois jours avec la louve. La nichée pourra grandir en paix et, en fin d'automne, les louveteaux, devenus forts et agiles, feront un massacre dans le troupeau de Jean-François.

Chapitre 6

Clément est obligé d'attendre le samedi après-midi pour remonter à Malagratte. Jean-François ne reviendra pas ce week-end pour surveiller ses allées et venues, par contre le chemin sera fréquenté. Le samedi, il y a des randonneurs et pas mal de mouvements entre les estives et le village. Il devra jouer à cache-cache avec les voitures s'il ne veut pas que les gens du pays se demandent ce qu'il fait seul sur cette piste.

Mamie Marie, mise en confiance par son retour à l'école, son calme apparent et son appétit, n'a pas été surprise quand il a annoncé qu'il allait faire vérifier les freins de son vélo par Emilio. Elle n'a pas remarqué qu'il partait avec un sac à dos bien rempli et qu'il prenait la route de la montagne, pas celle du village.

Clément a emporté les jumelles de sa mère, trois gamelles, plus profondes que les assiettes de Barnabé, ses deux bouteilles en plastique et plusieurs morceaux de bœuf rouges et gras dérobés dans la réserve de viande surgelée pour les chiens. La louve devrait apprécier.

Les premiers lacets de la route, ceux qui surplombent

le village, grimpent sec. Clément doit descendre de son vélo et le pousser. Il se dépêche pour qu'on ne le remarque pas des maisons riveraines. Dès que le goudron disparaît et que les habitations font place aux prairies puis aux arbres, Clément respire. Maintenant, il peut avancer tranquillement : si une voiture monte ou descend le vallon, il l'entendra à temps pour se cacher avec son vélo. Mais il n'y a personne. C'est l'heure creuse, celle du repos après le repas. Les randonneurs récupèrent et les bergers s'accordent quelques cigarettes au soleil.

Au bout d'une bonne heure de vélo et de marche, Clément passe enfin le vallon du Blavé. Épuisé, il commence à chercher sa pierre sur le bas-côté.

Elle est là. Et derrière, en évidence, le bouquet de mélèzes et un coin du rocher. Clément cache son vélo en contrebas de la piste, derrière un jeune sapin, puis il descend jusqu'au ruisseau pour remplir ses bouteilles et remonte, les yeux rivés sur son but. Il s'égare une fois ou deux, tâtonne un peu jusqu'à ce qu'il ait retrouvé la bonne voie et atteint le rocher en moins de vingt minutes de marche forcée, malgré son chargement. Arrivé au rocher, Clément reprend son souffle. Il a du mal à retenir son excitation. Il le faut pourtant, pour avancer sans bruit.

Il se remet en route, lentement cette fois, jusqu'à ce qu'il distingue les ramures qui masquent l'entrée de la tanière. Aucun animal en vue, aucun mouvement. Clément sort les jumelles de son sac, le cœur battant. Il ne sait plus exactement où il a placé les assiettes de Barnabé. Impossible de les distinguer d'ici. Il faut avancer un peu plus.

Aussi prudemment et sûrement qu'il a vu faire sa mère, Clément pose un pied après l'autre, en évitant les branches et les amas de feuilles sèches. Les gamelles sont là, dans un creux de terrain, sans doute où il les avait laissées. Elles sont vides. Une onde de joie l'envahit, aussitôt éteinte par le doute : est-ce bien la louve qui est venue boire ? D'autres animaux ont pu profiter de l'aubaine. Le mâle quand il lui a apporté à manger, ou des renards de passage. Le vallon en est plein.

De toute façon, Clément déposera ce qu'il a apporté. Il sort avec précaution les écuelles de son sac, les pose à la place des vieilles assiettes, verse l'eau des bouteilles en la faisant glouglouter, puis il place les morceaux de viande qui ont largement dégelé sur une pierre plate et se retire jusqu'à son poste d'observation, comme la dernière fois. Là, couché dans l'herbe, les jumelles à la main, il guette. Il se donne une heure. C'est sans doute le temps qu'il faut à la louve pour le croire parti, car elle l'a sûrement entendu.

Finalement, il n'a pas si longtemps à attendre. La louve a-t-elle compris qu'il n'est pas dangereux ? Elle sort le museau, hume les alentours, puis émerge lentement de son trou, tirant sa patte arrière gauche, toujours inutile. Mais elle n'hésite plus, elle va tout droit sur les écuelles, s'arrête pour les flairer. On dirait qu'elle se rend compte qu'elles ont été changées. Elle en teste une et découvre la viande, qu'elle renifle sans encore y toucher. Elle inspecte les alentours avec inquiétude, l'odeur de Clément est encore présente, la louve l'a forcément sentie.

De petits couinements impérieux s'échappent de la tanière, un museau rond, brun chocolat, pointe au-dehors. La louve n'aime pas ça. D'un coup de dent, elle saisit une tranche de viande et l'emporte vers sa demeure, le plus vite qu'elle peut. Du bout du museau, elle pousse l'audacieux à l'intérieur. Ce n'est pas le moment de sortir.

Clément se retient de pousser un cri de triomphe. La louve ne marche pas mieux, mais elle boit, elle mange, et les petits ont l'air vigoureux. Agnès peut être fière de lui. Voilà qu'il a envie de pleurer de nouveau. C'est avec sa mère qu'il aurait dû revenir. Elle n'aura jamais eu l'occasion d'observer un loup si longtemps et de si près, en milieu sauvage. Les loups ne restent jamais plus de quelques minutes à portée de regard humain. Les gardes du Parc n'aperçoivent en général que des ombres ou des silhouettes dans le lointain. Les loups n'ont pas leur pareil pour disparaître, même quand il fait clair.

Cette chance extraordinaire aurait fourni à Agnès une masse de renseignements, elle aurait pu finir le livre qu'elle avait commencé. Sauver une mère louve blessée et sa portée, ça, c'était un scoop. Sans compter tout ce qu'elle aurait pu dire sur le comportement de la louve, ses relations avec les petits. Le rêve d'Agnès était si près de se réaliser… et les stupides brebis de Jean-François l'avaient brisé.

Clément pose ses jumelles, les larmes lui brouillent la vue. D'ailleurs il n'y a plus rien à voir, la louve a disparu dans sa tanière. Il est tard, il faut rentrer à La Bollène.

Plus Clément songe à ce qui s'est passé dans la montagne avec la louve, plus son cœur se gonfle de fierté. Non seulement il a pris le relais de sa mère, mais il a réussi un exploit qui, même pour elle, aurait été exceptionnel. Il voudrait le crier à la terre entière. Il ne le fera pas, bien sûr, ce serait mettre la louve en danger. Il y a beaucoup de gens dans la vallée qui seraient trop heureux de supprimer une portée de louveteaux. Autant de tueurs de moutons en moins. Mais après, quand les petits auront quitté la tanière, qu'ils seront adultes et introuvables comme leurs parents, rien n'empêchera Clément de raconter cette aventure.

Quelle revanche sur les ricanements de Bruno Biaggi.

Seulement, le croira-t-on ? On dira qu'il invente encore des histoires, comme celles qu'il imagine pour amuser Nicolas. On dira que, depuis la mort de sa mère, il se réfugie dans un monde imaginaire, avec des loups, bien sûr, puisqu'elle en était la grande spécialiste. On ne le prendra pas au sérieux.

Il faut qu'il leur apporte la preuve de ce qu'il dit. Il va photographier ce qui se passe là-haut, autour de la tanière. Ils en seront sidérés. Peut-être même sera-t-il le premier à prendre en photo une portée de louveteaux en liberté. Il existe beaucoup de clichés ou de films pris dans des réserves closes, mais pas en milieu naturel.

Lundi après l'école, Clément fourre dans son sac le bel appareil à multiples objectifs de sa mère. Ils l'emportaient souvent dans leurs excursions, Agnès avait mis un point d'honneur à lui en apprendre le maniement. Sous prétexte de changer les cassettes vidéo, il a convaincu mamie Marie de le laisser descendre au

Carrefour de Lingostière avec Magali, la voisine. C'est là qu'Agnès achetait ses pellicules.

C'est la première fois qu'il se rend à Lingostière sans sa mère. Les courses dans le grand centre commercial étaient une de leurs escapades rituelles du samedi, encore une dont Jean-François était exclu. Ils s'offraient toujours quelques achats imprévus – des chocolats, un CD, un livre, un gâteau à la cafétéria... – pour le plaisir. Le Carrefour de Lingostière, comme le vallon de Malagratte, est rempli de souvenirs. L'absence d'Agnès devient même palpable dans le regard compatissant de Sophie, la gérante du vidéoclub. Elle a dû apprendre sa mort par d'autres clients.

– Qu'est-ce que tu prends aujourd'hui ? demande-t-elle gentiment en rangeant les boîtes qu'il vient de lui rendre.

– Des trucs bien gore, avec du sang partout.

Le sursaut de Sophie amuse presque Clément. Elle confirmera à ceux qui le connaissent que la mort de sa mère l'a rendu bizarre. Les curieux y verront la cause de son isolement et de ses disparitions à chaque jour de congé. Il repart avec deux histoires de vampire et une de loup-garou.

Le photographe, qui ne le connaît pas, se montre beaucoup moins cordial. Il s'étonne d'abord de le voir arriver avec un appareil aussi coûteux sans ses parents.

– C'est... c'est celui de ma mère, explique Clément, désemparé.

– Elle te le prête ?

– Elle est morte, réplique-t-il. Et j'ai pas de père, ajoute-t-il, sentant pointer une autre question sur sa famille. L'appareil est à moi maintenant et j'ai besoin d'une pellicule couleur pour prendre des photographies dehors. A la fois à l'ombre et au soleil.

Le photographe garde un air soupçonneux, mais la mine butée de Clément et son obstination à rester devant le comptoir finissent par le convaincre.

– Prends du 400 ASA, ça devrait aller, finit-il par proposer. Combien de poses ?

Il ne faut pas que Clément ait l'air de ne pas connaître la réponse, la méfiance du photographe s'accentuerait.

– Le plus possible.

– Une 36, alors. Tu veux que je la mette dans l'appareil ?

– C'est pas la peine, ma mère m'a appris. C'est combien ?

Clément ne s'attendait pas à un prix si élevé. Il a juste assez d'argent pour payer. Il ne pourra pas en acheter une seconde. Il faudra qu'il s'applique pour ne gâcher aucun cliché. Mais quand les photos seront développées, il se fera un plaisir de les étaler sous le nez du vendeur.

Chapitre 7

L'école tout entière se concentre sur la préparation du Nikaïa. Chaque année, La Bollène envoie quatre élèves de CM défendre ses couleurs. On choisit deux filles et deux garçons, ceux qui sont les meilleurs dans l'une des trois épreuves du Nikaïa : le saut en hauteur, la course ou le lancer de poids. L'année dernière déjà, Clément avait représenté l'école pour la course avec un CM2 qui concourait pour le saut en hauteur. Bruno avait failli être sélectionné pour le lancer de poids et, cette année, il compte bien participer. Les deux filles de l'an dernier sont en sixième maintenant. Il y a compétition pour les remplacer.

Chaque mardi et jeudi, l'après-midi est consacré à l'entraînement : les épreuves sont dans un mois et demi, il s'agit d'être prêt. Manifestement, Caroline compte sur la préparation du Nikaïa pour réinsérer Clément dans la vie de l'école. L'an dernier, il était arrivé dixième, ce qui était très honorable pour son âge. Cette fois, elle l'attend dans les trois premiers. Elle n'arrête pas de le lui répéter, ça en devient gênant.

– Pauvre chou, on a peur qu'il craque, ricane Bruno.

Dans ces moments-là, Clément le tuerait. D'autant que Bruno réalise de très bons scores avec son poids, sans encouragements particuliers. Caroline le trouve assez solide pour affronter la compétition, lui.

Clément serre les dents et revient sur la ligne de départ.

– Sept secondes neuf, rappelle Caroline son chronomètre à la main. Tu peux faire mieux.

Clément respire à fond pour se décontracter. Difficile sous le regard ironique de Bruno ! Il se place en position de départ.

– Go !

Clément a l'impression de donner le meilleur de lui-même.

– Sept secondes sept, annonce Caroline. C'est mieux.

Bruno daigne approuver. Le plus pénible, avec lui, c'est son assurance. Rien ne l'atteint, rien ne le démoralise. Il est sûr de figurer parmi les premiers au Nikaïa, les filles l'adorent, il nage comme un poisson, il sait tenir un fusil, il est allé plusieurs fois à la chasse avec son père. A l'école, il ne fiche pas grand-chose. A quoi bon se fatiguer ? Les diplômes ne servent à rien pour tenir un restaurant, son père n'a que le brevet et il se débrouille très bien.

Bruno est heureux de vivre, Clément beaucoup moins. Pourtant, c'est vers lui que vient Nicolas. Mais même cela n'affecte pas Bruno : que les gamins jouent avec les gamins, c'est normal. Lui, il va discuter avec Stéphanie.

– Alors, ta mission, elle avance ? demande Nicolas en s'asseyant par terre à côté de Clément.

Il attend son tour. Caroline profite de l'entraînement des grands pour faire travailler l'ensemble de la classe. Il faut préparer la relève pour les années suivantes.

– Doucement, répond prudemment Clément.

Il se méfie maintenant de l'habileté de Bruno à extorquer des confidences à son frère.

– C'est difficile ?

– Dangereux, reconnaît Clément, content de voir briller les yeux de Nicolas.

– Dégagez le fond du terrain pour le lancer de poids, ordonne Caroline. Les lanceurs, ici, à côté de la ligne.

Bruno gonfle ses biceps sous le nez de Stéphanie, qui rit. Clément détourne les yeux. Ce rire lui mord le cœur. Bruno attend son tour en sautillant pour garder ses muscles chauds. Pour chaque épreuve, le meilleur passe en dernier : ça évite de décourager les moins bons et ça permet aussi au champion de marquer sa supériorité. D'une détente que Clément doit reconnaître foudroyante, Bruno tourne sur lui-même et, dans son élan, lance le poids de deux cent cinquante grammes comme une balle de tennis.

– Trente-deux mètres ! s'exclame Caroline en étalant son décamètre sur le sable. Ton record.

Bruno ne bombe même pas le torse. Il lui suffit de tourner la tête pour capter le regard admiratif de Stéphanie et la fierté nuancée d'envie de son frère. Que Bruno lui chipe Stéphanie, Clément s'y attend, mais il ne lui laissera pas Nicolas.

– Tu sais, lui glisse-t-il alors qu'ils retournent en classe, personne n'a jamais accompli la mission que ma mère m'a confiée. Si je réussis, je serai le premier.

Clément ne ment jamais, c'est même la seule qualité dont il se vante. S'il dit que personne n'a jamais fait ce qu'il entreprend, Nicolas le croit. Seulement, il aimerait bien en savoir plus…

En fait, Clément n'est sûr de rien. Les loups sont tellement méfiants, ça l'étonnerait que quelqu'un ait déjà réussi à approvisionner une louve en période d'allaitement. Mais ça vaut la peine de vérifier. Aussitôt rentré, il s'installe au bureau de sa mère. Les étagères sont remplies de livres et de dossiers sur la faune sauvage, dont plusieurs sur les loups.

Il commence par les plus faciles, ceux qui ont beaucoup de photos. Il les a déjà regardés mais jamais lus avec attention. Il n'y apprend pas grand-chose de nouveau. Il connaît déjà la façon de s'organiser des loups, leur vie en meute, les célibataires au service du couple dominant, la dimension des territoires de chaque meute… Sa mère lui avait même dessiné ceux des quatre meutes de la région. Il retrouve avec plaisir le faciès au masque blanc qu'il a reconnu chez la louve de Malagratte. Mais il n'y a rien ou presque sur les rencontres entre les hommes et les loups.

Clément doit fouiller un bon moment dans les rayonnages pour trouver ce qui l'intéresse : le récit d'un biologiste américain[1] qui a vécu plusieurs mois dans le Grand Nord pour observer une meute.

1. *Le Loup blanc*, David Mech, éditions Atlas, 1989.

A force de persévérance, il a fini par localiser leur lieu de réunion, puis la tanière où la louve avait mis bas. Comme Clément et Agnès. Il a vu les mâles protéger la louve et la nourrir, puis les petits sortir au grand air, et il a même suivi la meute dans ses chasses. Le livre est tellement passionnant que Clément l'emporte dans son lit et continue à le lire pendant la moitié de la nuit. Il y a des tas de détails rigolos sur la vie de cette famille de loups auxquels le chercheur a fini par donner des surnoms pour les reconnaître. Mais à aucun moment il ne leur a apporté de la nourriture et de l'eau.

Il reste encore à Clément de nombreux documents à consulter, moins faciles à lire que les livres : les rapports d'autres équipes de chercheurs du monde entier, les notes de travail d'Agnès et les cent premières pages de son manuscrit. Il continuera plus tard. Demain, mercredi, il remonte à Malagratte, avec l'appareil photo.

L'été est arrivé. On n'est encore que début juin, mais aujourd'hui le soleil tape comme en juillet. Clément pédale lentement pour ne pas se fatiguer. Il a le temps : il est parti à treize heures trente, laissant mamie Marie à moitié assoupie dans son fauteuil. La chaleur a ça de bon qu'elle incite à la sieste. La montagne est encore humide des pluies de printemps, du creux des fossés jaillissent des bouquets d'anémones sauvages, les têtes rondes et blanches des renoncules. Tous les mélèzes ont retrouvé leurs aiguilles vert tendre, l'herbe neuve pousse dru, pour la plus grande joie des moutons, là-haut dans leurs estives, et de tous les mouflons, bouquetins et chamois, qui vont devenir des proies bien grasses pour les loups. Ils ont eu du nez, ceux-là, en venant s'installer ici : la nourriture est abondante et on n'a pas le droit de les chasser. Ça n'empêche que, de temps en temps, on retrouve un loup mort, empoisonné ou criblé de chevrotine.

Clément est tellement insouciant qu'il ne fait tout d'abord pas attention au bruit de moteur qui descend vers La Bollène. Il n'a que le temps de se jeter en contrebas de la route avec son vélo. C'était le 4 x 4 de Jean-François. Il ne l'a sûrement pas vu, sinon il se serait arrêté.

Voilà cinq jours qu'il est là haut, il doit être à court de vivres. Clément espère ne pas le trouver quand il reviendra. Jean-François n'a plus de raison de rester dormir à La Bollène maintenant. Il peut économiser les services de Lousteau, ça lui fera de l'argent en plus pour remplacer les brebis que les loups lui massacreront. S'il savait que Clément a entrepris de sauver une louve et sa portée sur l'autre versant du vallon où il estive, il serait fou de rage.

Clément en rit tout seul. Il se dresse debout sur ses pédales pour accélérer. Vite monter jusqu'à la tanière. Samedi, la louve était vivante, pas plus mal en point que la semaine précédente. Peut-être est-elle en train de guérir.

Quand il arrive à son repère, la pierre jaune posée sur le talus, Clément est en nage. Il descend au torrent pour boire abondamment avant de remplir ses bouteilles. Puis il grimpe. Le chemin lui est devenu familier, il sait sous quels arbres passer, quel fossé enjamber, où prendre appui pour remonter dans les éboulis. Quand il arrive en vue de la tanière, comme d'habitude, le calme règne. Par vent portant, la louve peut sentir son arrivée depuis la piste. Quand il n'y a pas d'air, comme aujourd'hui, peut-être le détecte-t-elle seulement à mi-parcours. De toute façon, elle sait qu'il est là. Mais elle doit avoir compris, maintenant, qu'il vient en ami. Enfin, Clément l'espère car les livres d'Agnès ne donnent aucun renseignement sur la façon dont les loups sauvages perçoivent l'homme, à part qu'ils le craignent et évitent toute rencontre.

De son poste d'observation habituel, avec les jumelles, il repère les écuelles vides et, pour certaines, retournées. Rien d'autre. Il va verser l'eau et déposer sa viande, c'est le meilleur moyen de faire sortir la louve. Puis il attend. Aujourd'hui, il a tout son temps.

Il s'installe commodément, à plat ventre dans l'herbe, ses jumelles en main, son appareil photo calé, réglé sur les écuelles, prêt à l'emploi. Le sous-bois bruit de petits craquements, de trilles d'oiseaux, du glouglou des cascades de la Planchette qui monte faiblement jusqu'ici. Des fourmis se promènent sous son nez, transportant des provisions plus grosses qu'elles. Pour un peu, il somnolerait. Et, comme les autres fois, la louve sort sans un bruit. Elle s'arrête longuement pour humer les alentours. A-t-elle reconnu l'odeur de Clément ? Cela ne la fait pas fuir, en tout cas. A pas prudents, elle avance vers la première écuelle. Elle marche mieux, encore lentement et en traînant la patte, mais avec plus de facilité qu'il y a six jours.

En essayant de rester absolument silencieux, Clément pose les jumelles et attrape l'appareil photo. Il affine la mise au point jusqu'à ce que l'image de la louve soit nette et appuie doucement sur le déclencheur, puis s'arrête à mi-chemin. Si elle entend le déclic, elle risque de fuir. Clément s'immobilise. C'est alors que le miracle se produit : du trou dans la terre sort une petite fusée grise et brune, qui se précipite contre sa mère, lui mordille les pattes, saute pour attraper un téton, le rate, renifle l'eau de l'écuelle, met une patte dedans, la retire aussitôt... Puis une autre fusée brune sort à son tour. En deux minutes, quatre louveteaux pataudss, encore duveteux, furetant partout, s'ébattent sur le terre-plein situé sous la tanière. Ils se bousculent, se mordillent les oreilles, les pattes, le museau, courent explorer un peu plus loin et se rabattent précipitamment contre le flanc de leur mère, qui prend son temps pour boire. En jouant, un des bébés pose les pattes sur le bord d'une écuelle qui se dresse et se renverse. Le louveteau bondit en arrière, mais sa mère est calme. Il n'y a donc pas de danger. L'étourdi revient flairer l'écuelle vide, il la retourne du bout du nez, en lèche le fond encore humide.

Un froissement dans les feuilles déclenche une série de petits jappements déjà agressifs. Clément, aussi immobile qu'une statue, jubile. Ils sont encore plus mignons que la portée de Neige, la grande chienne patou. L'un d'entre eux, le plus grand et le plus costaud, se montre particulièrement audacieux et combatif. C'est toujours lui qui plaque ses frères et sœurs au sol. Il faut absolument les photographier.

Clément est à moins de cent mètres d'eux, et les loups ont l'oreille très fine. Il faut profiter d'une bagarre pour que les jappements d'excitation masquent le déclic de l'appareil. Les louveteaux lui facilitent la tâche. Il se mettent tous à sauter ensemble, le museau tendu vers un malheureux papillon qui a eu la mauvaise idée de passer par là. Clic, une photo. Les petits n'ont rien entendu ; la mère a levé la tête. Clément n'ose même plus respirer.

Elle reste bien cinq minutes immobile, aux aguets, avant de s'intéresser de nouveau aux morceaux de viande.

Les petits se bousculent pour mordiller le museau de la mère jusqu'à ce qu'elle leur régurgite une partie de son repas. C'est la foire d'empoigne pour en avaler le plus possible. Ils se bousculent et couinent d'impatience, Clément en profite pour prendre plusieurs photos. Cette fois, la louve ne bronche pas.

Il reste près d'une demi-heure, aussi immobile que possible, à observer les jeux des louveteaux. Il y en a même un, le plus téméraire, qui s'est avancé dans sa direction, la truffe au sol, comme s'il suivait une piste. Mais il n'a pas poussé sa reconnaissance jusqu'au bout. Clément se demande comment aurait réagi la louve en voyant son petit nez à nez avec un humain.

Il a pris douze photos. Il est tard, il doit rentrer. Mais quand il s'accroupit, pourtant très lentement, la louve regarde dans sa direction, oreilles dressées. Clément s'immobilise. Elle ne relâche pas sa garde, elle ne le connaît sans doute pas assez pour lui faire confiance. Elle juge plus prudent de rassembler sa troupe et de la repousser sous terre, à l'abri. Clément attend qu'ils aient disparu pour se relever et dévaler la pente.

Chapitre 8

Le 4 x 4 de Jean-François est encore dans la cour. Le premier réflexe de Clément est de freiner pour faire demi-tour, mais il a déjà passé tout l'après-midi dehors, s'il ne rentre pas, mamie Marie va s'alarmer et Jean-François risque de rester. Il vaut mieux qu'il se montre, quitte à filer s'enfermer dans sa chambre.

– Où étais-tu passé ?

Jean-François l'attend, debout au milieu de la grande pièce centrale de la maison.

– Je me suis baladé.

– Tu as goûté ? crie mamie Marie depuis la cuisine.

Elle sent monter le conflit et essaie de soustraire Clément aux questions de son fils.

– J'avais pris des cookies.

Le sac à dos dans lequel Jean-François emporte ses provisions est posé à côté de la porte, déjà rempli de pain, de fromage, de saucisson, d'un pantalon propre et des indispensables médicaments pour le troupeau. Tout est prêt, mais il ne semble pas pressé.

– Tu n'as pas de travail pour l'école ?

Le ton semble plus soucieux que mécontent.

Jean-François se croit peut-être responsable de Clément.

– J'ai tout fait ce matin, répond Clément entre ses dents, en se dirigeant vers sa chambre.

C'est alors qu'il découvre, posés sur le bureau et par terre, juste à côté, trois cartons, dont deux sont déjà remplis de livres et de dossiers.

– Qu'est-ce que c'est que ça ? bondit Clément.

– Les documents de travail d'Agnès. Les gens du Parc vont venir les chercher pour les trier. Ils en ont besoin.

– Il n'en est pas question !

Clément s'est précipité sur le carton posé sur le bureau. Il le vide fébrilement. Les cartes sur lesquelles Agnès localisait ses découvertes, ses comptes rendus d'observation, le manuscrit qu'elle était en train d'écrire... tout ce qui lui reste d'elle ! Et dans les cartons posés par terre, les rapports qu'il n'a pas encore lus et les livres qu'il a consultés hier.

– Je t'interdis, tu m'entends, je t'interdis de les donner. Tu n'as pas le droit, ils sont à moi maintenant.

Clément, hors de lui, replace pêle-mêle les dossiers dans le premier carton et l'emporte dans sa chambre. Il revient chercher les deux autres, avec autant de rage et de précipitation, des larmes plein les yeux.

Jean-François n'a pas bougé du centre de la pièce. Les bras croisés sur la poitrine, il attend qu'il se calme pour parler. Mais Clément claque la porte de sa chambre et la verrouille.

– Clément, dit Jean-François de l'autre côté de la porte, c'est stupide. Le travail d'Agnès ne doit pas rester ici, enfermé dans nos murs, elle ne l'aurait pas voulu. Il doit être connu, et les gens du Parc sauront s'en servir et le diffuser. Pour Agnès, il faut que ses recherches soient utiles.

Tu parles ! Ses observations seront noyées dans la masse de celles des autres. Clément ne pourra plus les étudier. Ses livres seront classés dans la bibliothèque du Parc, quant à son manuscrit, les gardes vont le remettre consciencieusement à des gens qui se dépêcheront de le piller et de s'attribuer les idées d'Agnès. C'est ce qu'elle craignait, voilà pourquoi elle avait décidé de ne le présenter que terminé.

– Si tu avais été là, cet après-midi, continue Jean-François, j'en aurais parlé avec toi. Il fallait que je remonte à la Villette, je n'avais pas le temps de t'attendre.

Trop content de se débarrasser des souvenirs d'Agnès, oui. Et de faire de la place dans la maison.

– Je ne te donnerai rien. A eux non plus. C'est à moi, je suis son héritier.

Un héritier, ça a des droits, et Clément les défendra, coûte que coûte.

– Très bien, tu te débrouilleras avec les responsables du Parc, réplique Jean-François, hors de lui.

Clément entend remuer des objets, claquer les portes, mamie Marie courir affolée de la cuisine à la cour, essayant de calmer son fils, et de temps en temps, des éclats de voix rageurs.

– Le petit con, comme si je voulais faire du tort à Agnès, moi.

Clément ne voit pas le visage crispé de Jean-François, et ses yeux qui se remplissent de larmes qu'il essuie violemment d'un revers de manche. Il n'entend que le moteur de la voiture qui vrombit et le véhicule qui s'éloigne. Il attrape une brassée de documents écrits de la main de sa mère et les serre contre lui. Il lira tout, et c'est lui qui écrira la fin du livre, avec ce qu'il aura observé de la vie de la louve et de ses petits.

Mais cette nuit, un étranger va bouleverser à nouveau la vie de Clément. Il s'agit d'un grand loup solitaire, qui vient d'ailleurs, un de ces « pionniers » comme les appellent les gardes du Parc, à la recherche d'une compagne et d'un territoire où s'établir. D'habitude, c'est en fin d'hiver qu'ils quittent leur meute d'origine, quand elle devient trop nombreuse avec les louveteaux nés au printemps. Le solitaire en a assez de subir la loi du couple dominant, il veut lui aussi fonder une famille et faire régner sa propre loi. Celui-ci est peut-être en quête d'une compagne et d'espace libre depuis plusieurs saisons.

Il est jeune et vigoureux, il a dû marcher longtemps. Il renifle les marques du clan de Malagratte sur les arbres, les pierres. Il comprend que le terrain est occupé, mais il a faim et les bêlements lointains et les tintements de cloche d'un troupeau le font saliver. C'est déjà un loup d'expérience. Il sait que les brebis et surtout les jeunes agneaux sont des proies faciles. Seul, il ne peut pas s'attaquer à un chamois, ni à un bouquetin. Trop rapides et trop agiles dans les pentes abruptes où le loup, qui n'a pas de sabots, glisse et dérape. Pour attraper un chamois ou un bouquetin, il faut s'y mettre à plusieurs. Tandis qu'un mouton n'est ni rapide ni agile, et il vit en troupe serrée. Sur le lot, le loup parvient toujours à en égorger un.

De marques d'urine en crottes, le loup suit le contour du territoire de la meute de Malagratte. En montant vers la crête, les marques s'espacent et finissent par disparaître. Le clan ne vient pas jusqu'ici, ou si rarement que ses traces ne sont plus détectables. Et le troupeau est juste un peu plus haut, sur les pentes déboisées. Disponible.

Le solitaire s'arrête un moment, il hume. L'odeur des bêtes rassemblées vient maintenant jusqu'à lui. Il repart, toujours au même rythme régulier, une sorte de trottinement rapide et léger. Il est tout près. Les chiens l'ont senti, ça gronde déjà à l'intérieur du troupeau.

Le loup s'immobilise et attend. Les chiens grognent doucement, par intermittence. Les bêtes se déplacent un peu, tantôt à gauche, tantôt à droite. Quelques brebis sont maintenant à cent mètres du loup. Un gros chien patou accompagne le groupe, sentant le danger, déjà menaçant. Le loup continue sa progression, au pas, calmement, en faisant des zigzags pour se camoufler derrière les buttes ou les rochers.

L'assaut final est foudroyant, en quelques secondes le loup est sur le troupeau, qui a à peine le temps de réagir. D'un coup de croc meurtrier, il saisit la brebis la plus proche à la gorge. Mais le patou veille. Il aboie violemment contre le prédateur, qui lâche prise et disparaît. Le chien renifle la brebis. La croit-il encore vivante ? Il reste à ses côtés, toujours grondant, vite rejoint par deux autres énormes chiens blancs.

Le loup ne pourra pas reprendre sa proie, mais il ne renonce pas pour autant. Pourtant son attaque a réveillé le berger, qui sort en hâte de sa cabane, une torche dans une main, un bâton dans l'autre, vociférant. Il court vers les chiens et l'animal déjà mort.

Le loup ne laisse pas passer l'occasion. Avec la même technique d'approche que tout à l'heure, il fond sur une autre petite bande de brebis qui s'étaient écartées du troupeau lors de la première agression. Affolées, elles cavalent droit devant elles vers le promontoire qui domine un couloir d'avalanche rempli d'éboulis. Une dizaine d'entre elles, avec un bel ensemble, s'y précipitent.

Le solitaire a gagné sa pitance. En trois bonds précis, il est en bas. Il égorge la première brebis, déchire la peau et se goinfre de chair, de poumon et de sang. A satiété. Puis il file, laissant derrière lui une carcasse entamée et plusieurs bêtes assommées ou blessées. Là-haut, les chiens montent toujours la garde autour de la brebis morte, et le berger court d'un bout à l'autre du troupeau en brandissant sa torche.

En une journée, la nouvelle fait le tour de la vallée. C'est la première attaque, ce printemps, au-dessus de

Malagratte. Roger Ventura a perdu cinq bêtes dans la bagarre : celle qui a été tuée pour rien, celle que le loup a dévorée, et trois autres qui se sont rompu le cou dans leur chute. Quatre ont été blessées, des pattes cassées pour l'essentiel. Ventura sera dédommagé pour les deux qui ont été égorgées et celles qui se sont jetées dans le ravin. Pour les blessées, la DDA[1] tranchera d'après le contenu du constat. Ce soir-là, « Chez Rita », le principal café de La Bollène, on ne parle que de ça. On plaint Ventura, mais pas trop. Avec ses mille cinq cents bêtes, il s'en remettra. Et si ça continue, on peut compter sur lui pour se faire entendre. Ventura a été l'un des organisateurs de la descente des moutons sur Nice, en 97. Deux mille bêtes, l'équivalent de celles qui avaient été attaquées dans toutes les Alpes françaises en un an, installées place Masséna en plein centre ville, au milieu des boutiques de luxe. Une belle pagaille. Mais il fallait au moins ça pour qu'on cesse de dire que le retour du loup ne causait que des dégâts imaginaires.

– Imaginaires, mon cul ! grommelle Barnabé.

Personne ne s'aviserait de le contredire. C'est lui qui a été la principale victime des attaques des loups, sans doute parce qu'il a tardé à acheter des patous. C'est cher, ces énormes bêtes. Et à nourrir, là-haut dans les montagnes, ça coûte une fortune en croquettes et en service d'hélicoptère pour les monter. Barnabé n'estive plus qu'au bout d'une piste carrossable.

1. Direction départementale de l'agriculture. C'est le service administratif chargé d'indemniser les bergers dont les bêtes ont été tuées par des attaques de loups.

Comme son troupeau n'est pas très grand, on lui laisse la place à Praï, où les herbages ne sont pas assez vastes pour les plus grands troupeaux.

– T'es pas remonté ce soir ? s'étonne Antoine, le facteur.

– Bof, pour une nuit, ils me foutront la paix.

Les autres hochent la tête, chacun sait ce que pense Barnabé : maintenant que les loups ont trouvé les bêtes de Ventura, ils y retourneront. Ils procèdent toujours comme ça.

– Faut bien que je rentre de temps en temps payer les factures et remplir les papiers, ajoute Barnabé.

Antoine n'insiste pas. L'obstination du vieux berger à continuer seul son élevage misérable finit par agacer.

– C'est au-dessus de l'Ortiguier qu'il est, Ventura ? demande Rita pour réorienter la conversation.

– Pas très loin de la Vacherie, à côté du sentier de randonnée.

– Ça va faire peur aux touristes, ça.

– Tant mieux, on sera moins envahis, conclut Antoine.

Il s'en fiche, lui, son salaire ne dépend pas des touristes et il n'a pas de prime l'été quand le courrier à distribuer double de volume. Mais autour du bar, certains en vivent, des touristes.

– Ils partiront plutôt de Saint-Grat et moins de Camp d'Argent, c'est tout.

La Baisse de Camp d'Argent, au-dessus de La Bollène, est un des principaux points de départ de randonnée vers la vallée des Merveilles et ses gravures rupestres. Le flot des touristes qui y montent fait vivre deux restaurants et un gîte d'étape.

– Y a pas de quoi s'affoler, conclut Rita, pragmatique. C'est pas deux brebis dévorées qui vont déclencher la panique.

Les hasards de la vie des loups en décident autrement. Dans ses pérégrinations, le solitaire vient enfin de se trouver une compagne : la jeune sœur de la louve de Malagratte, qui commence à se sentir de trop dans son clan. La meute comporte trois autres adultes célibataires en plus du couple dominant, c'est beaucoup pour le territoire qu'elle contrôle. Depuis deux saisons déjà, la jeune louve en avait assez de supporter l'autorité de sa sœur, mais la vie d'un loup solitaire n'est pas facile. Il valait mieux se trouver un compagnon. Le solitaire tombe à pic.

Avant de partir à la recherche d'un domaine propre et vierge d'occupation, le nouveau couple a besoin de prendre des forces. En dix jours, les deux loups reviennent cinq fois à l'attaque. Résultat, vingt-sept bêtes tuées, une trentaine de blessées. A la cinquième attaque, Ventura voit rouge, et cette fois le village se solidarise derrière lui. La mairie est en ébullition, envahie par les amis, les parents, les voisins des éleveurs en colère. Les restaurateurs et les hôteliers commencent à s'inquiéter : quelques loups dans la montagne peuvent attirer les touristes, mais des bêtes capables de tuer vingt-sept moutons en dix jours, ça peut faire peur. Le téléphone du préfet n'arrête pas de sonner.

Finalement il signe l'arrêté « autorisant une intervention visant à capturer ou détruire un spécimen vivant de l'espèce *canis lupus* », un seul. C'est ce que concède l'administration quand le nombre des attaques devient intolérable.

Deux battues au loup vont être organisées, une à partir de Camp d'Argent, l'autre dans le vallon de Malagratte, car chacun sait qu'une meute y a élu domicile. On ignore si c'est elle qui fait des ravages, ou si ce sont des visiteurs de passage.

Chapitre 9

C'est la guerre : vingt hommes au moins, des militaires et des gardes-chasse, en tenue de camouflage, avec des talkies-walkies, des fusils à lunette à infrarouge pour le tir de nuit, contre quelques loups. A chaque jeep remplie de matériel et d'hommes en kaki qui traverse le village, Clément serre les poings. Il a compté six véhicules qui montent installer tentes et équipements du côté de la chapelle Saint-Sauveur. De là, les hommes vont ratisser la forêt.

Les loups ne sont pas idiots, se dit Clément. Ils ne mettront pas longtemps à repérer cette armada d'envahisseurs. Ils vont émigrer vers des secteurs plus tranquilles. Mais la louve ? Même si elle marche mieux maintenant, a-t-elle retrouvé assez de force pour fuir avec les petits ? Si les autres adultes sont déjà partis, elle devra les transporter elle-même un par un à travers la montagne, avec des chasseurs embusqués partout. Elle n'a qu'une solution : se terrer au fond de la tanière sans bouger jusqu'à la fin de la battue. Le comprendra-t-elle ?

Il faudrait au moins que Clément l'approvisionne pour qu'elle n'ait pas besoin de bouger. Sa dernière visite remonte à trois jours, les réserves doivent être bien entamées. Il n'y a pas de temps à perdre. A pied, légèrement chargé, juste les bouteilles vides et la viande, il devrait pouvoir longer le campement des chasseurs sans se faire remarquer.

Il s'est inquiété pour rien. Il y a tellement de monde autour des tentes que sa présence passe complètement inaperçue. Tous les oisifs du village sont montés voir le quartier général de la chasse au loup. Les grands de l'école, comme Francis et Bruno, sont agglutinés autour des chasseurs et de leurs fabuleux fusils à lunette. Des journalistes circulent partout avec des micros et des appareils photo et les membres de France Nature Environnement assaillent les journalistes d'arguments pour la défense du loup. Des représentants de la mairie essaient de les calmer et des gendarmes tentent d'empêcher les incidents. Ils sont tous bien trop occupés pour prêter attention à Clément.

En revanche, la montée vers Malagratte est contrôlée. Une battue, c'est dangereux. Le maire ne veut pas courir le risque d'un accident. Clément doit faire un long détour autour du réservoir, puis par la forêt, pour éviter le barrage des gendarmes. Et après, il doit se cacher des jeeps qui sillonnent le vallon.

Il est obligé de se jeter dans le fossé au moins six fois avant d'atteindre le vallon du Blavé. A partir de là, il quitte la piste : il ne devrait plus rencontrer personne. Le plus vite possible, car il a perdu un temps fou, Clément grimpe à flanc de montagne. Le passage d'une nouvelle jeep en contrebas lui tire un sourire. Ce n'est pas avec ce vacarme qu'ils attraperont les loups.

– Qu'est-ce que tu fais là ? lance une voix autoritaire dans son dos.

A cent mètres de lui, un homme en kaki le tient quasiment en joue au bout de son fusil. Clément ne l'avait ni vu ni entendu. Les jeeps sont peut-être bruyantes, mais une fois à pied, les chasseurs savent se rendre indétectables.

– Je... je... me promène, marmonne Clément.

– La piste est interdite à cause de la battue. Comment es-tu monté ? redemande l'homme sans plus de gentillesse.

Ce type est capable de lui faire ouvrir son sac, de s'étonner de ce qu'il y trouve, de comprendre peut-être ce qu'il est venu faire... et d'en déduire que les loups ne sont pas loin.

– Mais je ne suis pas monté, dit précipitamment Clément, je redescends. J'étais en estives avec mon grand-père à Praï.

Barnabé peut bien lui servir de grand-père pour l'occasion.

– Eh bien, tu redescends en vitesse, intime le chasseur. Ça va devenir dangereux dans le coin. Tu pourrais prendre une balle perdue.

Pour être sûr que Clément va lui obéir, l'homme au fusil l'accompagne jusqu'à la piste et ne le lâche que pour le confier au chauffeur d'une jeep qui retourne vers le village.

La louve va devoir faire sans lui.

La battue a duré deux jours et deux nuits. Au cours de la seconde nuit, au-dessus de Tueis, ils ont réussi à tuer leur loup.

Clément n'a pas dormi et quasiment pas mangé depuis le début. Quand, à la fin du deuxième jour, on a connu le résultat de la traque, il en tremblait de rage. Il lui a fallu tout son courage pour appeler Serge, un des gardes du Parc avec lequel Agnès faisait souvent ses tournées d'observation.

– Ils ont eu quoi, un mâle ou une femelle ?

– Un mâle. Un jeune, de trois, quatre ans.

– C'était un de Malagratte ?

– Ça, mon ami, je n'en sais rien. Je ne les connais pas par leur nom.

Au moins ce n'était pas la louve. La fureur de Clément se calme un peu. La louve est maligne, elle s'est cachée. Mais elle n'a sans doute ni bu ni mangé pendant ces deux jours. Il faut s'occuper d'elle au plus vite.

Les chasseurs et leur attirail sont partis, la piste est libre.

Cet après-midi, Clément fera semblant d'aller à l'école et il filera vers Malagratte.

Voilà maintenant cinq jours qu'il n'a pas vu la famille loup. La dernière fois qu'il est monté, juste avant la battue, il y avait déjà beaucoup de mouvements dans le vallon. Après les attaques répétées sur l'Ortiguier, les éleveurs avaient fait venir des renforts. La louve paraissait sur ses gardes. Au moindre craquement de branche, elle faisait rentrer les petits. Mais au bout d'un moment de tranquillité, ils repointaient le nez dehors. Clément ne se lassait pas de les admirer. A chaque visite ils devenaient plus dégourdis, leurs pattes s'allongeaient, leur museau s'affinait, et leurs luttes prenaient des allures agressives.

La dernière fois, ils paraissaient si insouciants et ils étaient si drôles, se sautant les uns sur les autres, montrant les crocs comme des grands pour se rouler ensemble dans l'herbe la seconde d'après, qu'il avait osé s'approcher un peu plus. Le louveteau le plus téméraire, celui qui terrassait toujours les autres à la lutte, était venu vers lui, la truffe au sol. Puis il avait levé la tête, ses yeux d'or s'étaient arrêtés sur lui. Il ne manifestait aucun signe de crainte ni d'agressivité. Irrésistiblement tenté, Clément avait tendu la main vers lui. Le curieux s'était approché, flairant avec circonspection. « Ami ? » semblaient se demander les yeux d'or. Clément retenait son souffle. Leur face-à-face avait duré quelques secondes. Puis, sur un jappement bref de la louve, paresseusement allongée au soleil, le louveteau s'était vite replié vers la tanière. « La prochaine fois, s'était dit Clément, elle me laissera peut-être jouer avec eux. »

Seulement c'était il y a cinq jours, avant la battue.

Comme d'habitude, Clément laisse son VTT dans les fourrés au bord de la piste. Il grimpe aussi vite qu'il peut. Il connaît le chemin par cœur maintenant. Il se hisse sur le gros rocher et à partir de là, il ralentit l'allure. S'il ne fait aucun bruit, il trouvera peut-être les louveteaux dehors. Clément connaît les plaques de mousse qui amortissent le bruit des pas, les branches trop basses à éviter, il a acquis des réflexes d'Indien.

Il rejoint son poste d'observation au pied d'un large sapin. Apparemment les louveteaux ne sont pas sortis. Il s'y attendait un peu, avec tout le chambard que les chasseurs ont fait. Il faut attendre que les occupants de la tanière l'aient bien reconnu. Mais il a beau attendre, personne ne se montre.

Au bout d'une heure, il bout d'impatience. Les écuelles sont toujours là, vides semble-t-il, les morceaux de viande de la dernière fois, des frais achetés chez le boucher, ont disparu. C'est tout. Clément n'y tient plus. Tant pis pour le risque de faire fuir tout le monde, il va s'approcher.

Tout doucement, il avance vers le terrain de jeux des louveteaux. Aucun jappement, aucun couinement ne sort de la tanière. La mort dans l'âme, Clément s'enhardit. Il est devant l'entrée maintenant, il se penche pour écouter. Pas même un halètement. La cache est vide. La terre fraîchement remuée est recouverte d'empreintes d'adultes et de louveteaux, mais ceux qui les ont faites ne sont plus là.

Clément s'assied par terre, recroquevillé en boule. Il reste là, immobile, un long moment, avec le même sentiment de vide affreux qui l'a saisi à la mort d'Agnès. Il est complètement seul désormais, il ne deviendra jamais l'ami des louveteaux. Il les a peut-être aidés à survivre, mais c'est tout. Sa mère dirait que c'est le principal, mais elle avait des tas d'autres gens à aimer, elle.

Clément redescend vers la piste à grands pas lourds et bruyants. Plus besoin de prendre de précautions, le trou sous les racines du hêtre n'abrite plus personne.

– Sept secondes huit, qu'est-ce qui t'arrive, Clément ? Tu es fatigué ?

Fatigué de vivre, peut-être. Mais surtout il s'en fout, du Nikaïa, de l'honneur de l'école de La Bollène, de ces gens qui font venir vingt chasseurs avec des fusils à lunette pour tirer comme à la foire sur des animaux qui n'ont que leur ruse pour se défendre. Bien sûr, Caroline n'y est pour rien. Mais c'est l'institutrice, la directrice aussi, de l'école de ce village de tueurs. Même pour elle, il ne gagnera pas. Elle n'a qu'à choisir un autre champion.

– Tu es le meilleur, Clément, personne ne t'arrive à la cheville. A Roquebillière, avec tous leurs candidats, ils n'en ont pas un aussi bon. Je comptais tellement sur toi, ajoute-t-elle, traîtreusement.

Elle croit l'avoir aux sentiments, comme mamie Marie qui pleure presque quand il laisse son assiette à moitié pleine. Clément est injuste avec Caroline, il sait bien, dans le fond, que c'est de lui qu'elle se soucie, pas de l'honneur de La Bollène.

– Je vais essayer de faire mieux, propose-t-il.

Mais il a beau se dépêcher, il ne dépasse pas les sept

secondes huit. Pas même son score de l'année dernière. La mécanique est grippée.

Depuis son retour de Malagratte, après la disparition des louveteaux, Clément oscille entre colère et lassitude. Il n'arrive même plus à lire les livres d'Agnès, à quoi bon approfondir ses connaissances sur les loups s'il est incapable de les protéger. Il ne faut pas s'attacher à ceux qui doivent disparaître, on est trop malheureux après. Mieux vaut s'abrutir devant la télé.

– T'as plus envie de gagner ? demande Nicolas.

Même après la mort de sa mère, Clément avait continué à inventer pour Nicolas les histoires de son héros mystérieux, capable de pulvériser cinq adversaires en même temps à coups de *jang tow*, et de *sao fut tchou*, ces attaques irrésistibles du coude ou du tranchant de la main. Depuis quelques jours, il commence, mais il n'arrive pas à continuer.

– Pas vraiment.

– T'as plus envie de rien ?

– Je sais pas.

– C'est à cause des loups ?

Comment Nicolas a-t-il deviné ?

– Chaque fois que quelqu'un en parle, on dirait que ça te met en colère, comme s'il racontait des idioties. Tu lui coupes la parole, tu commences à expliquer et puis tu t'arrêtes. Tu ne veux pas montrer ce que tu sais. J'ai bien vu, pendant la battue, comme tu étais malheureux.

Puisque Nicolas a percé une partie de son secret, autant tout lui dire. Depuis le temps qu'il en meurt d'envie.

– C’est la mission que ma mère m’a confiée…

A Nicolas, qui boit ses paroles, Clément raconte sa découverte de la tanière avec Agnès, l’attaque de la laie et la blessure, le problème de l’eau, puis sa décision, après l’accident, d’assurer le ravitaillement de la louve.

– Elle est pas morte ?

– Ni elle ni les petits.

Clément enjolive un peu ses difficultés pour retrouver la tanière, ses exploits pour y aller en cachette et, surtout, la reconnaissance de la louve.

– La dernière fois, un des louveteaux est venu jusqu’à moi. Elle l’a laissé approcher. A la prochaine rencontre, j’aurais pu jouer avec eux, assure Clément, même si, au fond de lui, il est loin d’en être sûr.

Il paraît soudain tellement accablé que Nicolas croit deviner la suite.

– La battue l’a tuée ?

Nicolas est indigné, et pourtant, d’une certaine façon, il trouve que, dans son malheur, Clément a de la chance. Qui peut se vanter d’avoir admiré de près des bébés loups sauvages ?

– Non, c’est un mâle qu’ils ont eu. Mais elle s’est sauvée, avec les petits. Le secteur était devenu trop dangereux. Je les ai perdus.

Nicolas met toute sa fougue à réconforter Clément.

– Mais tu les as sauvés, aussi. Si tu ne t’étais pas occupé de la louve, elle serait morte, et les louveteaux avec elle. Ou bien elle aurait été trop faible pour empêcher les petits de sortir, ils seraient tombés sur les chasseurs, ils auraient été tués. Ils te doivent une fière chandelle

Clément est content d'entendre dire sur un ton aussi convaincu ce qu'il n'ose pas croire.

– Ils sont rigolos, les louveteaux ?

– Très marrants. La première fois que je les ai vus, ils ne tenaient pas bien sur leurs pattes et leur museau était encore rond. Mais ils se sont vite dégourdis…

Clément décrit les changements à chacune de ses visites.

– J'ai même pris une pellicule entière de photos, lâche-t-il alors que Caroline les appelle pour rentrer en classe. Quand elles seront développées, je te les montrerai. Mais tu me jures de ne rien dire. Surtout pas à ton frère. On m'accuserait de protéger des tueurs de brebis. J'aurais des tas d'ennuis.

Clément ne croit pas qu'il risque grand-chose, mais il tient à garder son aventure cachée, comme un trésor qui pourrait partir en poussière si on le montrait.

– Et puis, c'est notre secret à tous les deux, ajoute-t-il.

– J'en parlerai à personne, jure Nicolas en crachant par terre.

Engagé par un tel serment, il résistera mieux aux assauts de son frère.

– Pendant que je rends les contrôles de français au CM, les CE, vous prenez le livre de lecture page 32.

Après leur avoir lu plusieurs légendes de la région, Caroline leur avait demandé d'en inventer une de leur cru.

– Stéphanie, c'est bien, tu as trouvé une jolie histoire, il n'y a pas trop de fautes…

Caroline termine par Clément, qui d'ordinaire est le meilleur à cet exercice.

– Tu n'as pas eu d'idée, cette fois ?

C'était il y a quatre jours, en pleine battue. Il n'avait ni la tête ni le cœur à inventer des légendes. Il ne se souvenait même pas des dix lignes qu'il avait bâclées pour se débarrasser du devoir.

– Pas beaucoup, répond-il sèchement.

– Pourtant, les légendes, d'habitude, ça t'inspire.

– Pas cette fois.

Clément baisse la tête, il ne veut pas s'expliquer. Caroline ne voit que son dos voûté. Elle ne capte pas le regard complice qu'il échange, en biais, avec Nicolas. Elle est soucieuse, mais elle ne lui posera pas d'autres questions devant la classe. Elle sent qu'il ne répondra pas. Depuis la mort d'Agnès, il s'isole de plus en plus, et il ne s'investit plus ni dans la course, ni dans les rédactions, les deux matières pour lesquels il faisait des étincelles. Caroline se dit qu'elle devrait parler à Jean-François.

Chapitre 10

La curiosité et l'enthousiasme de Nicolas ont ému Clément. Il faut qu'il reparte à la recherche de la famille de loups. « Avant qu'ils aient oublié mon odeur », se dit-il.

Les petits ont environ un mois maintenant. Encore un peu plus d'un mois, et ils commenceront à s'écarter de la tanière pour apprendre à chasser. Ils se retrouveront seulement au « point de rendez-vous » qui rassemble les adultes autour des jeunes avant et après la chasse. Ce lieu change toutes les deux ou trois semaines, jusqu'à l'automne. Clément n'aura plus aucune chance de les apercevoir.

Mais il ne sait absolument pas où chercher. Il est revenu à la tanière sous les branches du hêtre mort, il a fouillé les alentours, sans rien remarquer. A pied ou à VTT il ne peut pas aller bien loin. Il lui faudrait des indications, au moins le secteur à prospecter. Il hésite à interroger Serge. Le garde a l'œil pour remarquer le moindre indice de présence de loup, avec ou sans la neige pour l'aider. Seulement il risque de deviner très vite la raison des questions de Clément, et son secret n'en sera plus un.

Ce mercredi, lassé de courir la montagne pour rien, il est resté à la ferme. Il fait déjà une belle chaleur d'été. Clément a failli accepter d'accompagner Stéphanie à la mer. En fait, il en mourait d'envie, mais il a tellement pris l'habitude de jouer les solitaires qu'il n'arrive pas à changer de registre. Les autres d'ailleurs en ont pris leur parti, comme on accepte les lubies de quelqu'un qu'on plaint. Ils n'essaient quasiment plus de l'intégrer dans leurs conversations ou leurs jeux. Stéphanie lui a fait cette proposition d'un ton résigné, comme si elle savait déjà qu'il allait refuser.

Malgré l'envie qui l'a saisi soudain de partir avec elle, de nager, de changer d'air, Clément n'a pas réussi à accepter.

Il fait un temps magnifique, et Nicolas est chez des amis de Lantosque qui ont une piscine, la solitude est pesante aujourd'hui. Mais Jean-François est bien la dernière personne que Clément s'attendait à voir. Comme ils ne se croisent quasiment plus, il ne prête plus attention au rythme de ses retours.

– Tu es là ? s'étonne Jean-François.

Clément, collé devant la télé, grommelle à peine. Jean-François pose son sac à dos sur la table, ressort, revient avec une caissette en plastique pleine. Il a l'air fatigué.

– Y a autre chose à vider ? demande Clément, pris de remords.

– Les cartouches de butane et la lampe à gaz, elle est foutue, je crois qu'il faut la changer.

Il y a aussi un sac de détritus à jeter.

– Il faut que je descende à Lingostière pour les

courses, tu veux venir ? lance Jean-François en entrant dans la salle de bains.

Clément aimait ces échappées en ville avec Agnès. Ça lui rappelait un peu leur vie à Lyon. Il hésite à passer deux heures en compagnie de Jean-François, mais il a envie de descendre. Et puis il pourrait donner ses photos à développer.

– D'accord.

Dans la camionnette, calé contre la portière, il s'absorbe dans la contemplation du paysage. Quitter la Vésubie lui fait chaque fois la même impression : celle de sortir d'un monde clos, protégé par ses longues gorges étroites, et de replonger dans l'agitation – les flots des voitures qui s'écoulent sur la voie rapide le long du Var, les constructions qui poussent partout comme des champignons. Il ne sait toujours pas si son soulagement de retrouver le mouvement et la ville est plus grand que sa tristesse d'avoir quitté la beauté lumineuse des montagnes, ou le contraire.

Dans le magasin, Clément prétexte une envie de regarder le rayon BD pour s'éclipser vers celui des photos.

– Je te rejoins à l'épicerie.

– Si tu trouves une nouvelle BD sympa, prends-la, propose Jean-François. Celles de la maison, on les connaît par cœur.

Il fait des efforts aujourd'hui. Mais Clément ne lui fournira pas l'occasion de jouer les beaux-pères généreux. Il veut seulement donner sa pellicule à développer.

– Demain, annonce le responsable du rayon sans le reconnaître.

– Je pourrai pas revenir avant une semaine, au moins. Vous me les garderez ?

– Pas de problème.

– Ce sera cher ?

– Vingt-deux euros cinquante.

Où va-t-il trouver une telle somme ? Il a peut-être un peu d'argent sur son livret de Caisse d'épargne, mais peut-il le retirer seul ? Préoccupé, il aide machinalement Jean-François à remplir son caddy, puis à le vider sur le tapis roulant de la caisse, puis à le décharger dans la voiture.

– On mange un morceau avant de remonter ?

Décidément Jean-François se met en frais. Après la BD, la cafétéria.

– Ça va comment, à l'école ? demande-t-il en attaquant son pâté.

– Normal, je passe en sixième.

– Et le Nikaïa, ça s'annonce bien ?

– Pas terrible, j'ai baissé depuis l'année dernière.

– Il faudrait t'entraîner un peu plus, suggère Jean-François qui ne veut visiblement pas comprendre l'allusion.

– Peut-être…

Plusieurs fois, Jean-François relève la tête comme s'il allait parler, puis il se repenche sur son assiette. Ça n'arrive pas à sortir.

– Comment va Neige ? demande Clément dans un louable effort de civilité.

L'énorme patou blanche, la fierté d'Agnès qui l'avait achetée bébé, s'est fait mordre en repoussant victorieusement une attaque de loups.

– Elle est guérie.

Jean-François ne parvient plus à nourrir la conversation, et Clément n'essaie pas.

Ils remontent en silence jusqu'à La Bollène. Puis Clément aide Jean-François à ôter de la voiture les marchandises qui restent à la ferme. Il ne va pas tarder à repartir, Clément attendra pour allumer la télé. Mais Jean-François ressort sans préparer ses affaires et revient une heure après, un paquet à la main.

– C'est pour toi. Serge s'est chargé de le commander. Agnès en avait très envie.

C'est un livre sur les loups. Pas un de ces magnifiques albums dans lesquels on n'apprend pas grand-chose, un livre austère, pas très grand mais épais : *Le Loup en Europe*, d'Henrik Okarma. Clément le feuillette, il y a très peu de photos, mais une foule d'observations précises, des graphiques, des dessins. Une mine d'informations. Clément cherche avidement la partie qui concerne les louveteaux. Tout y est, en plus précis et bien plus détaillé que ce qu'il a lu ailleurs.

– J'ai pensé que ça te plairait.

Jean-François se tient devant lui, bras ballants, embarrassé. Clément ne l'a jamais vu comme ça, sauf peut-être certains soirs, quand Agnès était particulièrement jolie parce qu'ils recevaient des amis pour le dîner. Une fois les invités partis, Jean-François n'osait pas se rapprocher d'elle, comme si le rayonnement qu'elle dégageait la rendait inaccessible.

Clément ne sait pas comment remercier, ni s'il le souhaite.

– Il n'y a pas qu'à toi qu'elle manque, ajoute sourdement Jean-François.

On dirait qu'il fait un énorme effort pour parler.

– Je sais, une mère c'est irremplaçable. Mais une femme comme elle aussi. Grâce à toi, continue Jean-François d'une voix à peine audible, elle n'a pas tout à fait disparu. Tu lui ressembles tellement.

Un étrange pincement serre le cœur de Clément, comme une envie de pleurer contre la poitrine de Jean-François, mais il est absolument incapable de bouger, ni même de lever les yeux de son livre.

– Bon, tranche Jean-François, d'un ton maintenant froid et lointain, il faut que je remonte à la Villette.

– C'est un livre super, dit précipitamment Clément. Exactement ce que je voulais.

– Serge pense que c'est un des meilleurs sur le sujet.

Le ton est redevenu celui d'une conversation ordinaire. Clément lève enfin les yeux de son livre.

– Ils poussent bien, les agneaux ?

– Ça grossit. Ils sont solides maintenant.

– Et Lili, elle a récupéré ?

C'est la brebis noire fétiche du troupeau, la mise bas s'était mal passée, Lili était restée faible. Jean-François l'avait montée à la Villette dans le fourgon, avec les plus petits agneaux, pour ne pas la fatiguer.

– Complètement. Elle n'a plus besoin de traitement. Tu devrais monter un dimanche, c'est superbe là-haut en ce moment.

Quand Jean-François ne pouvait pas descendre parce que trop de bêtes étaient malades ou que Lousteau n'était pas libre pour le remplacer, Clément montait parfois avec Agnès. Il n'était pas franchement un fan de la vie rustique, mais c'est vrai qu'à cette saison la lumière du matin était magnifique et l'air si léger qu'on avait envie de danser et de dévaler la montagne en criant de joie.

– Mais il vaut mieux que tu t'entraînes, enchaîne tout de suite Jean-François, tu ne vas pas te laisser humilier par ceux de Roquebillière, quand même.

Clément n'avait jamais pensé à cet aspect des choses. Il s'en fichait de ne pas faire gagner La Bollène, mais être écrasé par Roquebillière, c'était plus embêtant.

– Mon départ est trop mou, reconnaît-il.

– Sur quarante mètres, ça ne pardonne pas. T'as encore trois semaines pour l'améliorer, tu vas y arriver, conclut Jean-François en empoignant le sac que mamie Marie a rempli de linge propre. Ah, Serge voudrait bien passer voir les papiers d'Agnès. Je sais que tu y tiens. Il te les rendra, mais il voudrait au moins faire des copies des observations et de certains textes qu'ils ont conçus ensemble.

Ainsi c'était une ruse, cette gentillesse soudaine, le livre, la discussion. Une ruse pour l'amadouer et le décider à rendre les dossiers d'Agnès !

– Qu'il aille se faire foutre ! gronde Clément, en jetant le livre sur la table.

Il file si vite dans sa chambre qu'il n'entend pas le « merde ! » de Jean-François, furieux de sa propre maladresse.

Chapitre 11

Mais après le départ de Jean-François, Clément ne résiste pas à l'attrait du livre. Il l'emporte dans sa chambre et passe le reste de la journée à le lire. Puis, fébrilement, il plonge dans les autres ouvrages d'Agnès pour chercher confirmation de ce qu'il a appris. C'est écrit à plusieurs endroits : quand l'espace autour de la tanière n'est pas assez vaste pour permettre les ébats des louveteaux, leur apprentissage de la vie de groupe et de la chasse, la mère change de domicile. Elle cherche un creux de vallon, ou un aplat que l'on peut surveiller facilement, et elle y transporte sa portée, avec ou sans l'aide des autres adultes. Ce nouveau gîte peut changer d'emplacement plusieurs fois, mais le premier n'est jamais très loin de la tanière, les louveteaux ne supporteraient pas un long voyage. Plus tard dans la saison, ils trotteront sur des kilomètres, mais pas à un mois.

La battue a sans doute effrayé la louve, peut-être aussi l'a-t-elle décidée à changer de domicile. C'est vrai que l'espace dégagé autour de la tanière n'était pas très vaste.

Les chasseurs ont beaucoup circulé dans le fond du vallon, elle a sûrement cherché à s'en éloigner, donc elle est montée. En prenant son temps pour parcourir tout le versant de Malagratte au-dessus de l'ancienne tanière, il la trouvera peut-être.

Puisque Jean-François l'a invité à venir le rejoindre, il va annoncer à mamie Marie qu'il monte à la Villette pour le week-end. Ça lui permettra de partir tôt le samedi et de passer la journée à chercher les louveteaux. Il inventera une excuse pour expliquer son arrivée tardive à Jean-François.

Comme il n'a plus besoin de se cacher des voitures, il roule tranquillement sur la piste. Barnabé, qui remonte du village dans sa vieille 4L, s'arrête pour le prendre avec son VTT.

– Tu reviens me voir à Praï ?

– Pas aujourd'hui. Je monte à la Villette.

– Tout seul ? T'as peur de rien, toi.

– Depuis le temps que j'y vais, je connais le chemin par cœur.

– Je m'en doute, ta mère passait la moitié de son temps dans ce vallon.

De leurs longues conversations autour d'un café, Barnabé a gardé pour Agnès une tendresse particulière. C'était une des rares habitantes de La Bollène qui ait de la considération pour lui. De là peut-être l'affection du vieux berger pour son fils.

– Tu fais jamais garder tes bêtes quand tu t'en vas ? s'étonne Clément.

– Faut bien que les patous fassent leur travail. Ils me coûtent assez cher. Et puis les gris, depuis la battue, on les voit plus.

– Y a plus de loups à Malagratte ?

– Penses-tu, ils sont toujours là. Mais c'est malin, ces bestiaux. A croire qu'ils devinent que les fusils sont pas rangés. Ils attendent qu'on les oublie. Avec l'été, on sera trop occupés à empêcher les chiens de mordre les touristes, on ne pensera plus aux loups, et là, crois-moi, ils reviendront. En force, avec les petits du printemps qui se seront fait les crocs.

Si le carnage reprend, les battues pourraient recommencer. Le préfet a donné son autorisation une fois, les éleveurs arriveront bien à lui en extorquer une seconde, s'alarme Clément. Les loups n'auraient jamais dû revenir en France.

– Je te laisse ici ? demande Barnabé, en arrêtant Clément au départ du sentier qui mène à la grange de la Villette, près du 4 x 4 de Jean-François.

Sa pierre jaune, son repère, est juste à cent mètres en

aval. Clément attache son vélo au pare-chocs du 4 x 4 et attend que la voiture de Barnabé ait disparu pour commencer à grimper. Il ne lui faut plus qu'un quart d'heure pour atteindre l'ancienne tanière. Et maintenant, où aller ? A droite vers le vallon du Blavé ? A gauche vers celui de Praï ? Ils sont aussi boisés et difficiles d'accès l'un que l'autre. N'arrivant pas à choisir, il monte tout droit entre les deux et finit par croiser le chemin de randonnée qui relie la grange de Praï à Turini et Camp d'Argent, en haut sur la route des crêtes. En suivant le chemin, il avancera plus vite et pourra, de là, faire des incursions dans la forêt.

Le voilà complètement seul au cœur de la montagne. Quand il grimpait dans le sous-bois, il ne s'en rendait pas compte, écrasé qu'il était par les arbres. Cette piste, à la différence de celle de Malagratte, est très peu fréquentée : par quelques forestiers de temps

en temps et de rares randonneurs en été. Les touristes préfèrent partir vers la vallée des Merveilles que descendre dans ce vallon ordinaire. Clément n'a pas peur, pas vraiment, mais il préfère se dépêcher, Barnabé est à près d'une heure de marche vers le bas et les hôtels de Camp d'Argent, à près de deux heures vers le haut.

La chaleur, la soif et la faim finissent par le ralentir. Il sort de son sac à dos son pan-bagnat et sa bouteille d'eau. Un bourdonnement insistant de mouches, inhabituel à cette altitude, attire son regard vers une touffe d'herbe en contrebas du chemin. Les restes d'un train arrière d'agneau encore sanguinolent commencent à chauffer au soleil. Les carnivores s'y sont servis, mais de larges lambeaux de chair tiennent encore à l'os.

Cette viande ressemble à un cadeau. Empoisonné ? Clément distingue comme une trace au sol, l'herbe aplatie, des branches cassées, un sillon à peine visible. Quelqu'un est passé par là, plusieurs fois. Et ça ne lui dit rien qui vaille.

Au bout de deux cents mètres d'hésitation, de retours en arrière, car le passage n'est vraiment pas net, Clément trouve une tête et une patte avant, mieux nettoyées. Puis, un peu plus loin, quelques débris d'os et un creux dans la mousse qui indiquent à un œil averti qu'un appât a peut-être été déposé à cet endroit et consommé. C'est là qu'il entend les jappements. Son cœur bondit de joie. Il les reconnaîtrait entre mille.

Immédiatement, il retrouve sa lenteur pleine de précautions. Jumelles à la main, il avance pas à pas, s'arrêtant pour situer les petits cris. Maintenant il distingue les grognements qui accompagnent les jeux. Ils doivent être tout près. Ils sont là, dans le creux du vallon. Ils se disputent un os. Ils ont encore grandi Clément reste un long moment sans bouger, émerveillé. Les petits loups commencent à reproduire les comportements des grands : le plus fort dresse déjà la queue et montre les crocs pour intimider les autres qui couchent les oreilles et finissent parfois par se mettre sur le dos, ventre en l'air en signe de soumission. Mais, chez eux, ces attitudes ne durent jamais longtemps, vite le dominé se relève et essaie de renverser son frère, le menaçant redevient joueur. Accroupi, le dos contre un tronc pour ne pas vaciller, Clément commence à avoir une crampe. En se relevant il fait craquer des brindilles sous ses pieds. Un aboiement bref jaillit comme un signal. En quelques secondes, les petits disparaissent. D'un endroit qu'il ne voit pas à cause des arbres et du relief, la louve devait veiller. Elle ne l'a pas reconnu, à moins qu'elle soit devenue méfiante depuis la battue.

Clément ne lui en veut pas. Elle fait son travail de mère, et drôlement bien puisqu'elle a réussi à protéger les petits des chasseurs. Elle a dû les maintenir au fond de la tanière pendant toute la battue et les transporter le plus loin possible dès que le vallon a eu retrouvé sa tranquillité. Maintenant qu'il sait où ils sont, Clément pourra revenir et prendre le temps de renouer connaissance. Mais cette fois-ci, est-il seul à avoir découvert la cachette des loups ? En remontant vers le chemin, il examine à nouveau les restes de viande qui le jalonnent. Les morceaux ont été mis là exprès, c'est sûr. Et les plus éloignés de la route ont été dévorés. Par la louve ? Par les autres membres de la meute rejoignant la mère et les petits ? Par d'autres carnivores ? C'est de la viande fraîche, un véritable délice pour les loups.

Jusqu'où en a-t-on déposé ? Clément scrute maintenant attentivement les bords du chemin. Du côté de Praï, il n'en découvre pas. Mais vers la crête, le col de Turini et Camp d'Argent, quatre autres morceaux ont été dissimulés sous des feuillages, difficiles à repérer pour un homme, mais faciles à flairer. Un chemin jalonné pour attirer les mangeurs de viande vers les zones fréquentées par les touristes. Certains sont juste grignotés, d'autres intacts. Les loups n'en ont pas voulu, ou ils ne sont pas venus jusque-là. Passé le vallon du Blavé, les cadeaux s'arrêtent. Manque de temps ? Manque de viande ? De toute façon, Clément n'aime pas ça. Il ramasse tous ceux qui se trouvent le long du chemin et les fourre dans le sac plastique de son pique-nique. Il ira tout jeter en bas, dans le ruisseau de la Planchette. L'eau en masquera l'odeur et se chargera de les décomposer.

Débarrassé de son lourd paquet de viande, Clément se dirige rapidement vers la Villette. Jean-François doit l'attendre, mamie Marie l'a prévenu de son arrivée sur son téléphone portable.

– Qu'est-ce qui t'est arrivé ? lui crie Jean-François, qui le guettait de loin.

Les prés au-dessus de la cabane sont dorés par le soleil de fin d'après-midi. A cette époque de l'année, les estives de la Villette, bien orientées au sud, sont ensoleillées très tard quand la journée est belle comme aujourd'hui. Les brebis, couchées dans l'herbe ou debout emboîtées les unes dans les autres comme un grand puzzle de bêtes, commencent lentement à sortir de leur léthargie digestive.

– J'ai un peu traîné en route, s'excuse vaguement Clément.

Brasil, le jeune border collie qu'il a vu naître, a reconnu sa voix. Il court vers lui en aboyant joyeusement et lui saute dessus sans ménagement. Brasil et Zébulon, l'autre border collie, sont chargés de guider et d'encadrer les bêtes. Avant l'arrivée des loups, les bergers n'avaient qu'eux pour les seconder. Quand les loups ont commencé à attaquer les troupeaux, on a fait venir des patous blancs des Pyrénées, qui tenaient tête aux ours

Clément fourrage à deux mains dans les longs poils du chien, frotte son front contre celui de l'animal.

– Salut, Brasil, ça boume ?

Malgré la réserve qu'il veut garder, il n'est pas mécontent d'être là, dans cette montagne ensoleillée, avec ce chien qui lui fait fête et cet homme qui, visiblement, est soulagé de le voir arriver. Il suit Brasil vers le gros du troupeau qui grimperait bien brouter l'herbe neuve d'altitude pour sa pâture du soir.

– Empêche-les d'aller trop haut, crie Jean-François.

Si on les laissait faire, les brebis fileraient dès maintenant vers les pâturages encore intacts qu'on réserve pour l'été.

– Brasil, passe derrière, ordonne Clément au chien, qui contourne aussitôt les bêtes et les repousse un peu plus bas.

Clément reste là, près du troupeau, veillant à envoyer les chiens rattraper les vagabondes, jusqu'à ce que le soleil soit assez bas pour que Jean-François décide de ramener les bêtes vers la cabane. Depuis le retour du loup, on évite de laisser les brebis dormir en crête, monter à la couchade, comme elles aiment le faire. Elles ne sont pas ravies de ce changement, chaque soir il faut les houspiller un peu pour qu'elles consentent à redescendre.

– Puisque tu es là demain, tu pourras m'aider à droguer et marquer les agneaux ? demande Jean-François en poussant le troupeau devant lui.

Il le dit de la façon la plus neutre possible, comme pour éviter de rappeler qu'avant c'était Agnès qui jouait ce rôle.

– On les met dans le parc alors ?

Le parc clôturé est utilisé trois ou quatre fois par saison pour enfermer les bêtes le soir quand on veut les avoir sous la main pour leur administrer un traitement le lendemain.

On ne dîne jamais tôt en estives de juin, mais ce soir, le temps de descendre le troupeau, d'ouvrir le parc, de pousser les brebis à l'intérieur et de replacer les claies de clôture, il est quasiment dix heures et demie quand Clément s'effondre sur sa chaise, affamé mais heureux de ces heures passées dans le calme de la montagne à regarder le ciel prendre les couleurs de la nuit.

Jean-François s'est mis en frais pour le dîner. Il ne sait pas cuisiner la daube comme Barnabé, sa spécialité à lui, ce sont les pâtes. Il a utilisé tout son savoir pour en mitonner la sauce depuis la veille.

– Elle est fameuse, reconnaît Clément.

Jean-François lui sourit. Il a allumé une flambée dans la petite cheminée et des bougies sur la table, en plus de la lampe à gaz. Ils mangent tous les deux en silence, à cause de la fatigue, mais aussi parce que Clément ne veut pas parler de sa découverte de l'après-midi et que Jean-François se retient de lui demander pourquoi il est arrivé si tard.

– T'as pas eu d'attaques cette semaine ? finit par le questionner Clément.

– Ils vont se nourrir du côté de la Maïris en ce moment. Capelier a perdu trois agneaux la nuit dernière, complètement dévorés, il ne restait pas un os.

– Il ne sera pas indemnisé ?

– Sur quelles preuves ? Et pour les mères qui risquent de faire une mamite [1] maintenant qu'elles ne sont plus tétées, il n'aura rien non plus.

Quand ce n'est pas le troupeau de Ventura, c'est celui de Capelier, et quand ce n'est pas celui de Capelier, c'est le sien. Devant Agnès, Jean-François ne se privait déjà pas de maudire les loups. Mais c'était seulement en paroles.

Maintenant qu'elle n'est plus là, il pourrait passer aux actes.

– Et des morts par accident, t'en as eu ?

Découper une bête et en porter les morceaux de l'autre côté du vallon pour les disposer comme appâts le long des sentiers touristiques, c'est un exercice tout à fait à la portée d'un costaud comme Jean-François.

1. Une mamite est une inflammation des mamelles, qui peut entraîner la mort des brebis.

– Une agnelle de l'année dernière qui a reçu une pierre sur la tête.

– Tu... tu l'as enterrée ?

– J'allais pas la laisser pourrir pour attirer les renards.

Inutile d'en demander davantage. Jean-François est dans son monde, ses soucis. Agnès parvenait à l'en sortir, à l'intéresser à son travail à elle. Clément ne peut rien partager avec lui, surtout pas ses craintes sur l'avenir des louveteaux.

Quand il se glisse dans son duvet, sur la mezzanine, il se mord les joues pour ne pas pleurer. La dernière fois qu'il a dormi ici, en septembre, Agnès lui avait glissé une bouillotte sous les pieds avant de l'embrasser.

Comme d'habitude, il est réveillé par le rayon de soleil qui lui tombe sur la figure à travers la minuscule fenêtre. Jean-François est déjà dehors. Pratiquement sans sortir de son duvet à cause du froid, Clément ôte son pyjama et enfile son survêtement.

Devant la porte, jambes écartées, mains dans les poches, Jean-François contemple les montagnes encore enveloppées d'une légère vapeur de brume. A vingt ans, il ne pensait pas devenir éleveur. Ses parents avaient eu une vie trop dure avec leurs trente vaches. Lui ferait des études pour donner aux agriculteurs des conseils qui leur faciliteraient l'existence. L'école des bergers de Carmejane ne lui suffisait pas, il était parti jusqu'au Vaudreuil, à côté de Rouen, pour devenir une sorte d'ingénieur des problèmes d'élevage. Puis il avait trouvé du travail dans une Chambre d'agriculture, en Ardèche. Au bout de deux ans, il avait compris que conseiller les autres ne l'intéressait pas. Ce qu'il voulait, en fait, c'était utiliser ses connaissances pour lui-même. Maintenant qu'il savait qu'avec les moutons un éleveur pouvait espérer gagner sa vie, il allait se constituer un troupeau, et pas n'importe lequel : des bêtes à pedigree, de valeur et de qualité. Il serait le meilleur. Il avait travaillé encore deux ans comme conseiller pour économiser de quoi acheter ses deux cents premières brebis. Il avait emprunté à la banque, construit la bergerie, racheté d'autres bêtes, et ça a très bien marché. De deux cents mères, il était passé à cinq cents. Il vendait chaque année ses trois cents agneaux. Il allait se faire construire une nouvelle maison. Et puis le loup était revenu. La première année, il avait perdu quarante brebis, et le stress en avait fait avorter trente autres. L'année d'après ça avait été pire. L'argent prévu pour la maison avait servi à acheter des bêtes et des patous. Il avait fallu rester dormir en montagne, dans une cabane glaciale, sans eau ni électricité, six mois par an au moins, être réveillé en sursaut par les bêlements des bêtes affolées et les aboiements des chiens, courir comme un fou après un ennemi invisible qui s'amusait à égorger cinq brebis pour n'en manger qu'une seule. plusieurs fois de suite certaines nuits. Plus dur que la vie qu'avait connue son père. Jean-François aurait peut-être abandonné s'il n'avait pas rencontre Agnès. Elle était tombée amoureuse de lui autant que de ses projets. Sa connaissance des loups lui donnait des tas d'idées pour s'en protéger. Ensemble, ils avaient tenu le coup. Mais maintenant, Agnès n'était plus là.

La haute silhouette silencieuse de Jean-François, ses épaules qui se voûtent imperceptiblement, son immobilité crient si fort tout cela que Clément détourne la tête. Il ne veut pas connaître la peine de cet homme. Sans lui, Agnès serait vivante.

Le grincement de la porte de la cabane sort Jean-François de sa contemplation.

– Un petit déjeuner ?

La vie redevient banale. Ils avalent leur café au lait ensemble. Dans le parc, les agneaux bêlent pour appeler leurs mères qui tournent autour d'eux, inquiètes.

– Tu les as déjà triés ? constate Clément.

– Brasil m'a aidé, il sait y faire pour les pousser dehors une par une, plaisante Jean-François en flattant la tête du chien.

En fait il a laissé dormir Clément. La soirée a déjà été assez longue et dure. Le tri, par le petit portillon qui permet de faire sortir les mères et de garder les agneaux, a dû se faire dès le soleil levé, quand les brebis ont commencé à s'agiter pour réclamer leur pâture du matin.

– Maintenant on va s'occuper des petits, annonce-t-il avec entrain. Tu les tiendras pendant que je les soigne ?

Les moutons sont bourrés de parasites, il faut leur administrer un vermifuge au moins une fois par saison. Avec des sangles, Jean-François s'accroche au dos une grande outre équipée d'un tuyau muni d'une sorte de seringue. L'outre est remplie de médicament dilué dans l'eau. Clément attrape un agneau tremblant de peur par la patte, le coince entre les jambes de Jean-François et l'y maintient jusqu'à ce que le berger lui ait fait avaler sa dose de produit. Puis, profitant de ce que l'agneau est immobilisé, Clément trempe la marque de l'élevage, le P de Paoli, dans un seau de peinture brune et le passe à Jean-François qui l'imprime dans la laine du bébé. Le voilà identifié, s'il se mélange à un autre troupeau, on pourra le rendre à son propriétaire. Puis vient la seconde marque, celle qui décidera du sort de l'agneau : une étoile imprimée à l'avant pour les belles agnelles qu'on garde pour la reproduction, quatre étoiles pour les petits béliers veinards qui seront chargés de féconder les femelles et une étoile à l'arrière pour ceux qui seront vendus au boucher une fois qu'ils seront assez gras. Clément a du mal à s'habituer à ce pouvoir tout-puissant de l'éleveur sur la vie des bêtes. Il préfère le hasard et la maladie qui font le tri dans les portées de louveteaux. Mais il est venu pour aider Jean-François, ce n'est pas le moment d'avoir des états d'âme.

A midi, en sueur, les mains pleines de peinture, ils ont traité la moitié des bêtes.

– Grâce à toi, on aura fini ce soir, le remercie Jean-François.

Ils déjeunent ensemble au soleil, sur la table de camping, devant la cabane, comme Agnès aimait le faire. Et l'après-midi, Clément repart à l'assaut des agneaux. Il met un point d'honneur à faire le mieux et le plus vite qu'il peut. Pour se dédouaner, pour rendre à Jean-François un peu de ce qu'il lui offre en le gardant à La Bollène, dans le pays que sa mère avait choisi. Mais peut-être aussi parce qu'il se prend au jeu, qu'attraper les agneaux c'est amusant, les soigner c'est utile, et que Jean-François lui jette de temps en temps un regard complice, de ceux que l'on échange en partageant le même effort.

Et le soir, il redescend le cœur plus léger, après s'être roulé dans l'herbe avec Brasil et avoir dévoré trois paquets de biscuits au chocolat à lui tout seul.

Il dévale la piste de Malagratte, doublant allégrement les derniers randonneurs du week-end.

A la ferme, mamie Marie n'est pas la seule à l'attendre. Serge est assis en face d'elle à la table de la salle à manger. Manifestement, c'est lui qu'il attend. Clément se contracte, prêt à la lutte. Il va avoir du mal à refuser les papiers d'Agnès à Serge, il n'a aucune raison de lui en vouloir, il a toujours été pour Agnès un partenaire parfait.

– Jean-François t'a prévenu ?

– Je ne veux pas que tu emportes ses affaires, lance tout de suite Clément, sur la défensive.

– Je ne prendrai rien. J'aimerais seulement examiner les papiers d'Agnès, et avec ton accord, photocopier ceux qui nous sont utiles. On a commencé pas mal de choses ensemble, ta mère et moi. Je ne voudrais pas qu'elles restent en rade. Mais je t'assure que sur chaque document venant d'elle, son nom sera mentionné.

Clément se détend. En fait, il n'a jamais cru que les gens du Parc pouvaient s'attribuer le travail de sa mère. Ce n'est pas leur genre. Mais il ne voulait pas que ce soit Jean-François qui les remette à Serge.

– Je te les apporte.

Il dépose sur la table les dossiers, les cartes soigneusement empilées, sauf celles qui portent l'indication de la tanière. Celles-là, Clément les garde, avec les livres. Serge lui fait remarquer que deux volumes appartiennent à la bibliothèque du Parc.

– On en a besoin, mais je te commanderai les mêmes s'ils t'intéressent.

Il met les cartes annotées de côté et prend une grande heure pour lire le manuscrit du livre commencé par Agnès.

– J'ai besoin des cartes pour compléter nos comptes rendus d'observation. Pour le manuscrit, il faut réfléchir. Ce serait dommage que le résultat de quatre ans de travail reste dans un tiroir. Seulement, Agnès n'a pas eu le temps de terminer. Je vais voir comment le compléter, je connaissais ses idées. Je te proposerai une solution. Si elle te convient, on essaiera de publier. Si elle ne te plaît pas, tu garderas le texte.

Clément ne connaît pas grand-chose à ces histoires de publication, mais il sait que c'était important pour sa mère.

– Si tu veux, finit-il par accepter. Tu comprends, ce qu'il faut empêcher, c'est que des gens lui piquent ses idées et ses informations. Elle disait que ça arrivait tout le temps.

– C'est pour ça qu'il faut publier ce qu'elle a écrit. Elle n'est pas la seule à y avoir pensé, mais elle est la première à avoir approfondi la question. Si on traîne trop, d'autres lui brûleront la politesse.

Clément ne trouvera personne d'aussi compétent que Serge pour faire ce travail.

– D'accord, acquiesce-t-il en lui remettant le manuscrit. Tu ne le donnes à personne d'autre.

– Viens avec moi, on va copier ces pages tout de suite au bureau, tu garderas les originaux.

Dans la voiture de Serge, en route vers Saint-Martin où se trouve la Maison du Parc, les papiers sur les genoux, Clément retrouve un sentiment oublié : la confiance. Ils ont si souvent, sa mère, Serge et lui, sillonné le Parc dans une voiture comme celle-ci, que la complicité qui les liait resurgit naturellement.

– Serge, je crois que j'ai découvert quelque chose de grave.

Depuis hier, il n'arrête pas d'y penser. Pendant les heures de labeur à imprimer les marques sur les agneaux, il a réussi à écarter son inquiétude, mais comme il redescendait à La Bollène, elle est réapparue.

– Il y a quelqu'un qui dépose des quartiers de viande fraîche sur le chemin de Camp d'Argent.

– Quoi ?

La voiture a fait une embardée.

– Je les ai trouvés hier. A cinq endroits.

Même à Serge, il ne veut pas parler de ceux qu'il a découverts plus bas, dans la pente. Il serait obligé d'avouer où il allait.

– Quel est le con qui s'amuse à ça ? gronde Serge.

– C'est pour attirer les loups vers les touristes ?

– On dirait. Remarque, ce n'est pas très malin, les loups préfèrent les proies juste tuées, et ils ne se baladent pas sur les chemins en même temps que les randonneurs. Celui qui a mis ces appâts sous-estime leur prudence. Ils étaient entamés ?

– Par de petits animaux, aucun n'était nettoyé comme le font les loups. Je les ai ramassés et je les ai jetés dans la Planchette.

– Tu as bien fait. La battue a monté la tête à certains. Ils voudraient bien que ça recommence, jusqu'à extermination complète des quatre meutes, cette fois.

– C'est possible ?

– Il faudrait que les loups dévorent toute une colonie de vacances, plaisante Serge. Ce qui m'inquiète plus, c'est le type qui a fait ça. Il n'est pas net, il pourrait avoir d'autres idées dangereuses.

Serge ne lui a pas demandé ce qu'il faisait sur le chemin de Praï à Camp d'Argent, il n'a pas eu l'air de soupçonner quoi que ce soit. Clément est soulagé, il a informé un adulte chargé de surveiller la montagne sans dévoiler son secret

Chapitre 12

Ça sent les vacances. Les récréations sont de plus en plus longues, l'entraînement sportif prend de plus en plus de place. Ils n'ont quasiment plus de devoirs à faire, Caroline sait que, de toute façon, ils les bâcleront.

Bruno Biaggi a presque réussi à conquérir Stéphanie. Elle regarde encore avec nostalgie du côté de Clément, mais comme il n'essaie même pas de s'isoler avec elle à la récré alors que Bruno fait le paon sous son nez, elle finit par le suivre.

– T'es bête, proteste Nicolas. Je suis sûr que c'est toi qu'elle préfère. T'as qu'à aller lui parler.

Le manège de son frère l'énerve. Il sait que son numéro est plus pour la frime que pour Stéphanie. Si elle entendait comme il parle d'elle à la maison, elle serait furieuse.

– Pour lui dire quoi ? soupire Clément. J'ai rien à lui proposer, je ne peux pas l'emmener à la mer, j'ai pas de piscine…

– Et la louve que tu as sauvée, tu crois pas que c'est plus intéressant ?

Le pire, c'est que Nicolas a sûrement raison,

Stéphanie avait l'air passionnée quand Serge était venu faire un exposé à l'école. Elle n'avait pas arrêté de poser des questions sur les loups. Mais Clément ne sait plus comment s'y prendre pour lui parler.

– Elle serait capable de tout répéter à ses copines pour jouer les intéressantes, assène-t-il pour couper court aux suggestions de Nicolas.

– Moi, j'ai rien dit, j'te le jure, affirme aussitôt Nicolas qui se sent visé par l'insinuation.

Il a eu du mal à se taire mais, comme il avait juré, il y est parvenu.

– Je sais. Alors je vais te confier le plus beau : je les ai retrouvés.

– Où ça ? s'exclame Nicolas qui ne sait pas si la nouvelle lui fait vraiment plaisir.

Entre son frère qui drague les filles et son copain qui fréquente les loups, il se sent quelquefois un peu insignifiant. Clément lui raconte comment il s'y est pris : ses déductions, l'exploration systématique de la forêt au-dessus de la première tanière, et surtout sa joie quand il a entendu les petits japper.

– Ils sont remontés assez haut vers la cime. En fait, ils sont plus près de Camp d'Argent que de Praï maintenant. La louve a bien choisi son coin : du chemin tu ne vois absolument rien, c'est caché par les arbres et la pente est si raide que personne ne s'amuse à descendre par là.

Comme les fois précédentes, il enjolive l'accueil des louveteaux, il laisse croire qu'ils sont venus vers lui, qu'ils lui ont fait fête, mais que la mère, inquiète, les a rappelés à elle.

– Elle t'a pas reconnu, elle ?

– Sûrement, j'étais assez près pour qu'elle m'ait flairé, mais avec la battue, elle ne sait peut-être plus si je suis ami ou ennemi. Il va me falloir un certain temps pour être adopté de nouveau.

– Un jour, tu m'emmèneras les voir ?

– Promis, assure Clément. Dès que la louve m'aura accepté, je t'y conduis.

Ce qui veut dire quand il l'aura décidé. Et s'il continue à penser que c'est trop tôt, Nicolas ne verra jamais les louveteaux.

– Clément, les interrompt Caroline, je suis affreusement pressée ce soir, tu pourrais déposer pour moi le dossier des inscriptions au Nikaïa à la mairie ?

Depuis quelque temps, elle le sollicite souvent, pour ranger le matériel de sport, pour faire les derniers exposés, comme si elle cherchait à l'intéresser davantage à la vie de la classe, ou qu'elle ait peur qu'il ne s'en éloigne trop.

– Tu l'apportes à M. Grangier, dans son bureau, au premier.

Quand Clément ressort de la mairie vers dix-sept heures, il trouve Nicolas planté devant le grand plan de La Bollène peint sur le mur qui borde la place.

– C'est là qu'ils sont ? demande-t-il en désignant avec un bâton une portion du plan.

La carte s'adresse plus aux touristes qu'aux habitants du village. Elle indique surtout les routes, les chemins de randonnée, de grandes taches vertes pour les zones de forêt et une suite de petits ronds pour marquer les limites du Parc.

– Là, explique Clément, en remontant la pointe du bâton de quelques centimètres. Ici, c'est la route des

Crêtes, le col de Turini, Camp d'Argent, et là, plus loin, entre les ronds de la limite du Parc, c'est Praï. Le pointillé qui va de l'un à l'autre, c'est le chemin. Dans ce tournant, tu es au-dessous de la cime de Tueis et au-dessus du Blavé C'est là qu'il faut descendre, dans le creux.

C'est le dernier week-end avant les vacances. Les hôtels sont tous ouverts, les gîtes astiqués et pour certains déjà occupés par de jeunes couples avec des petits enfants ou des retraités, des sportifs qui partent tôt vers la montagne et des gens plus paresseux, qui préfèrent s'asseoir à la terrasse des cafés. Dès la semaine prochaine, la Vésubie sera envahie et les chemins inondés de marcheurs. Si Clément veut retourner en paix voir ses amis loups, il doit se hâter.

Cette fois, il partira de Camp d'Argent, avec le va-et-vient de voitures qui empruntent la route des Crêtes, il trouvera facilement quelqu'un pour le prendre en stop. Ça marche très bien dans la vallée, on a l'habitude des jeunes qui se font déposer aux points de départ des pistes.

Il a annoncé à mamie Marie qu'il était invité par le père de Bruno et Nicolas à passer le week-end là-haut pour aider un peu au restaurant. Même si elle pense qu'il pourrait aussi bien aider Jean-François, elle n'en dit rien. Seulement elle ne veut pas le laisser partir en stop. On ne sait jamais sur qui il pourrait tomber. Magali, la voisine, monte juste après déjeuner, il partira avec elle.

Clément ronge son frein. S'il arrive trop tard à Camp d'Argent, il aura juste le temps de descendre jusqu'au nouveau terrain de jeux des louveteaux, mais il ne pourra pas rester des heures à attendre que la louve ait compris qu'il vient en ami et qu'elle peut laisser les petits s'ébattre et, qui sait, l'approcher.

Magali ne passe le chercher qu'à quinze heures et, pour monter, elle prend son temps. Ce n'est pas le genre à prendre les tournants à la corde avec les à-pics de deux cents mètres et les virages en épingle à cheveux. Et elle s'arrête à Turini pour prévenir le propriétaire de l'hôtel des Trois Vallées, où elle va travailler en juillet, qu'elle dépose Clément à Camp d'Argent et revient discuter avec lui.

Il est presque seize heures trente quand Clément descend de la voiture, devant le restaurant des Biaggi. Peut-être vaut-il mieux s'assurer que Nicolas pourra lui faire une place dans sa chambre pour la nuit avant de partir explorer la montagne.

La salle de restaurant est pleine de touristes fatigués, assoiffés et déjà brûlés de coups de soleil. Le père de Bruno, derrière le bar, remplit des verres, décapsule des bouteilles, presse des oranges, à toute vitesse. Bruno attrape les plateaux et les porte sur les tables avec une habileté de professionnel. Son visage se fend d'un sourire joyeux en apercevant Clément. Hors de l'école, il cesse son numéro de caïd. Il ne se rend même pas compte qu'il a été insupportable. Encore une de ses forces, il vit dans l'instant, sans se poser de questions.

– Clément, qu'est-ce qui t'amène ici ?

– J'avais prévu de faire une petite balade, mais j'ai pas pu venir plus tôt.

– C'est bête, tu serais parti avec Nicolas.

- Nicolas est en randonnée ?

– Il a trouvé une école de Saint-Laurent-du-Var, des gamins de son âge, qui est montée pour la journée. Il a voulu les accompagner.

– Ils sont allés où ?

– Pique-niquer à la Vacherie et ils reviennent par Fougassa, une promenade, quoi.

Un pressentiment étreint le cœur de Clément.

– Ils sont partis il y a longtemps ?

– Vers onze heures, ils ne vont pas tarder à rentrer.

– Je vais à sa rencontre.

Il n'entend même pas Bruno lui demander s'il veut boire quelque chose, il fonce sur le chemin de Fougassa, qui rejoint celui de Praï, un peu plus bas. Il essaie de se rassurer : Nicolas a peut-être seulement eu envie de passer la journée avec des enfants de son âge, il va sans doute revenir avec eux. Mais il vaut mieux aller voir.

Il lui faut quand même un quart d'heure de marche pour apercevoir un groupe d'enfants qui chahutent sur la piste.

– C'est vous, l'école de Saint-Laurent ?

– C'est nous, mais y en a encore derrière.

– Un de mes copains, Nicolas, est parti avec vous de Camp d'Argent. Vous l'avez vu ?

– Il a déjeuné avec nous, mais après il est resté avec l'autre classe, ceux qui vont comme des tortues, se moque un petit brun.

– Il a attendu l'autre groupe, confirme l'institutrice.

Clément ne cherche pas à en entendre davantage. Il repart aussitôt en courant sur le chemin. Le second groupe n'est effectivement pas pressé, il faut un bon quart d'heure pour le retrouver, pratiquement à la Tête de Fougassa, l'embranchement avec le chemin de Praï.

– Nicolas est avec vous ?

– Nicolas ?

– Le fils du propriétaire du restaurant, celui qui vous accompagné ce matin.

– Ah, oui, il a déjeuné avec nous, et joué avec les enfants devant la Vacherie. Mais il est reparti avec le premier groupe.

– Je viens de les croiser, il n'était pas avec eux.

– Tu es sûr ?

L'instituteur s'inquiète tout à coup.

– Certain, il n'était pas revenu à Camp d'Argent à cinq heures et je ne l'ai pas croisé sur le chemin.

– Merde !

– Il est peut-être resté à la Vacherie, suggère un des enfants. Il s'amusait drôlement bien.

– Ou alors il est revenu par la route, il avait l'air de connaître le coin.

Ce n'est pas idiot. Nicolas a peut-être eu la flemme de faire le chemin du retour à pied. Il est remonté jusqu'à la route et a essayé de se trouver une voiture pour le prendre en stop.

– C'est possible. Vous le trouverez en arrivant, alors.

Si Nicolas est rentré en voiture, c'est parfait, mais Clément ne se contentera pas de cette hypothèse. Il veut vérifier l'autre, celle qui lui paraît la plus probable.

– Je vais jusqu'à la Vacherie voir si je le trouve, lance-t-il aux enseignants.

Dès qu'il a rejoint la piste, au lieu de remonter vers la Vacherie et les lieux fréquentés par les hommes, il descend vers le vallon et la demeure des loups. Nicolas est tout à fait capable d'avoir filé entre les deux groupes et pris tout seul le chemin de Praï pour chercher les louveteaux.

Il est six heures, heureusement qu'on est fin juin. Malgré la cime de Tueis qui cachera le soleil bien plus tôt qu'à la Villette, il fera clair jusqu'à dix heures. A condition que le brouillard ne tombe pas brutalement sur la montagne comme il a coutume de le faire à cette saison en fin de journée.

Chapitre 13

Pas encore inquiet, mais alerté par la précipitation de Clément, Bruno guette le retour des écoliers de Saint-Laurent. Ils ne se pressent pas.

« Ils sont jeunes, se rassure-t-il, ils ne vont pas vite. Avec leurs petits tennis, ils doivent avoir mal aux pieds… Ils ne vont pas tarder. »

Le premier groupe finit par apparaître, mais Nicolas n'est pas parmi eux.

– Vous êtes sûrs qu'il est bien resté avec les autres ?

– Un des gamins avait apporté un ballon, ils jouaient au foot, Nicolas voulait finir la partie.

Les yeux fixés sur le chemin, Bruno entend à peine les ordres de son père. Le deuxième groupe arrive enfin, pressé lui aussi de savoir si Nicolas est rentré.

– Son ami a dit qu'il était peut-être revenu en stop par la route, explique une des institutrices.

– Quel ami ? bondit M. Biaggi.

– Clément, explique Bruno. Il est passé tout à l'heure, il cherchait Nicolas. Quand je lui ai dit qu'il était parti vers la Vacherie, il a filé le rejoindre.

En un instant, l'ambiance de vacances qui régnait dans le restaurant tourne à l'angoisse

– Je repars à sa recherche, décide aussitôt l'instituteur.

– J'appelle Mathieu à Turini pour qu'il aille voir si Nicolas est encore à la Vacherie, annonce M. Biaggi.

La Vacherie de Mantégas, point de rassemblement des randonneurs, ne se trouve qu'à un kilomètre des hôtels du col de Turini. Mais à cette heure, il ne reste quasiment plus de touristes à la Vacherie, et parmi eux aucun petit garçon de huit ans, pas plus que sur le parking de Turini ou dans les trois hôtels qui le bordent.

La mère de Nicolas se tord les mains.

– S'il a été pris en stop par des malveillants, on ne le reverra jamais.

– Moi, je crois qu'il est dans la montagne, insiste Bruno. Clément et lui partageaient un secret. J'ai jamais pu le faire dire à Nicolas. C'est ce secret qu'il est parti chercher, Clément s'en est douté tout de suite, c'est pour ça qu'il a filé le retrouver.

– Il y a deux gamins égarés dans cette montagne, alors.

– J'appelle le 18, décide M. Biaggi.

Le 18 ce sont les anges gardiens de la montagne, le Codis[1], ceux qui lancent les recherches dès que quelqu'un s'est égaré. En quelques minutes, les gendarmes du Service de secours en montagne de Saint-Martin sont avertis. Le temps que les hommes et les chiens se rassemblent, la nouvelle fait le tour de la vallée comme une traînée de poudre. Chez Rita, plusieurs habitués posent leur verre pour se joindre aux sauveteurs.

1. Codis : Centre opérationnel départemental d'incendie et de secours.

– Je monte remplacer Jean-François, décide Julien Ventura, le frère de l'éleveur. Il voudra y aller lui aussi.

– Tu as une idée de ce qu'ils avaient en tête ? Tu as bien dû deviner quelque chose ? supplie Mme Biaggi en serrant le bras de Bruno.

Dehors, insidieux, le brouillard du soir est en train de tomber.

– Au moins, où ils allaient ? insiste l'instituteur, qui a jugé finalement plus intelligent d'attendre les gendarmes pour faire équipe avec eux.

Mais Bruno n'en sait pas plus.

– On perd la trace de Nicolas à partir de la Vacherie, rappelle M. Biaggi.

Mais de la Vacherie partent plusieurs pistes. Il faut répartir les groupes de sauveteurs, les gendarmes sauront comment s'organiser.

– Ils ne vont pas tarder, assure M. Biaggi à sa femme. Ce sont des rapides.

Effectivement, il ne faut qu'une demi-heure aux cinq hommes en bleu pour rassembler leur matériel, leurs deux chiens et parcourir les trente-trois kilomètres qui séparent Saint-Martin de Camp d'Argent, dont quinze de lacets en aplomb sur le vide.

Il leur faut encore quelques minutes pour comprendre que les recherches doivent plutôt partir de la Vacherie, puis dix autres pour rejoindre cet endroit aussi vite que le permet la visibilité de plus en plus réduite, le père de Nicolas et l'instituteur de Saint-Laurent les suivant à dix mètres.

Tandis qu'ils forment les deux equipes, décident

des itinéraires et règlent les radios portatives, un autre véhicule arrive.

– Attendez, crie Serge en jaillissant de la voiture du Parc. Je crois savoir où ils sont.

Carte IGN posée sur le capot, il montre le chemin qui descend vers la grange de Praï.

– Clément est passé par là samedi dernier, seul, alors qu'il n'avait apparemment rien à y faire. Il s'est arrêté ici, dans le tournant entre la cime de Tueis et le vallon du Blavé. A mon avis c'est dans ce coin qu'il faut chercher les gosses.

– Et vite, annonce la voix éraillée de Barnabé, sinon les loups vont les croquer, vos petits.

Il avance en se dandinant derrière Salino, le premier adjoint de La Bollène, avec qui il buvait le pastis chez Rita.

Les gendarmes haussent discrètement les épaules. On connaît les malheurs de Barnabé et sa hantise des loups.

– Les loups ne traînent pas sur les chemins de randonnée, dit gentiment l'adjudant-chef.

– Sauf s'ils sont installés tout près, insiste le vieux berger.

– C'est ça qu'ils vont voir, bien sûr ! s'exclame Serge. Une louve a mis bas par ici, Agnès avait repéré sa tanière. Elle a dû la montrer à Clément. Il est bien capable de l'avoir retrouvée seul. Il en a parlé à Nicolas qui n'a pas résisté à l'envie de découvrir les louveteaux !

– S'ils s'approchent des petits, ça pourrait mal tourner, s'alarme Salino.

– La louve mettra les petits à l'abri, c'est tout.

– Si le mâle est à proximité avec les autres adultes de la meute, ce n'est pas sûr qu'ils se contentent de se cacher.

– Les loups n'attaquent pas les hommes, rappelle fortement Serge pour calmer la panique.

– Tant qu'il est debout et menaçant, insiste Barnabé, mais blessé, tombé à terre, pour le loup l'homme devient une proie comme les autres.

– C'est un fusil qu'il nous faudrait, gronde M. Biaggi.

– J'y ai pensé, dit Barnabé en montrant son vieux Manufrance.

– Vous laissez ça ici, ordonne l'adjudant. Vous pourriez blesser les enfants, on n'est pas à la chasse.

– Je tire pas sur les gosses et je suis pas sous vos ordres, réplique le vieux berger. Rien ne m'empêche de descendre sur ce chemin.

– Maintenant qu'on sait où chercher, on y va, supplie l'instituteur.

– Serge, tu montes avec moi, décide l'adjudant-chef. Quand on sera dans le coin de la tanière, on laissera les voitures sur la piste et on se répartira en petits groupes.

Dans les 4 x 4 des gendarmes, les chiens commencent à s'impatienter.

– Tout à l'heure quand vous les entendrez hurler, vous serez bien content que je l'aie, mon fusil, grommelle Barnabé en démarrant sa 4L.

Phares allumés, klaxonnant en continu pour avertir de son arrivée, un autre 4 x 4 vient s'arrêter devant le véhicule des gendarmes.

– Je vous suis, annonce Jean-François qui a failli

rater dix fois ses virages en montant à Turini dans le brouillard qui s'épaissit.

Nicolas a eu l'impression de marcher longtemps. Sur le plan du mur de la mairie, ça paraissait facile à trouver. Maintenant il ne sait plus à quel endroit il doit quitter le chemin. S'il part trop bas, il va les rater, mieux vaut descendre tout de suite et continuer dans la forêt.

Ça ne fait plus du tout la même impression, d'avancer sous les arbres en s'écorchant les jambes aux branches basses et en butant contre les racines, que de marcher sur la piste. Déjà, là-haut, il commençait à se sentir seul, maintenant il a carrément peur. Mais pour rien au monde, il ne veut se l'avouer. Quelle fierté quand il pourra annoncer à Clément que lui aussi a trouvé les louveteaux et que, pourquoi pas, ils lui ont fait fête.

Clément lui a dit qu'il les avait localisés à l'oreille. Il les a entendus japper en jouant. Nicolas s'arrête pour écouter. Il y a beaucoup de bruits étranges dans le vallon à cette heure, des craquements de branches, les croassements de grands corbeaux voraces, et là-haut, planant au-dessus des cimes, l'appel strident de l'aigle royal. Nicolas s'arrête même de respirer pour écouter mieux. Un pic noir se met à marteler un tronc, l'aigle lance un nouvel appel, et, enfin, quelque part au-dessous de lui, sur la droite, il lui semble reconnaître un petit aboiement. Il descend encore vingt mètres en s'efforçant de marcher en silence. Clément a dit qu'il ne fallait pas les inquiéter. Maintenant, ce sont des couinements qu'il perçoit, légers. Puis tout à coup, plus fort, un grognement comme celui de Nelson, le labrador de son père quand il essaie de lui arracher le bâton qu'il tient dans la gueule. Cette fois, il est tout près.

Là, derrière ces troncs, il devrait les apercevoir. Il avance lentement, contourne les arbres et le voit. A cinquante mètres au-dessous de lui, absolument immobile, les babines retroussées dans ce fameux sourire du loup dont parlent les livres. Il le regarde.

Alors seulement, Nicolas se rappelle que, dans ces mêmes livres, on dit aussi que, pour protéger ses petits, une louve affrontera un animal qu'en temps ordinaire elle aurait évité. Il ne sait pas comment elle réagira face à un humain. De toute façon, il vaut mieux filer. Mais essayez de détaler en remontant une pente couverte de mélèzes aux longues branches qui traînent parfois presque par terre ! Hors d'haleine au bout de cent mètres, Nicolas se retourne, le loup est toujours là. Il repart, court, ne voit pas la racine qui rampe sur le sol, se prend le pied dedans et tombe, tête la première, contre le tronc du seul érable égaré si haut dans la montagne. Impassible, le loup le regarde s'effondrer.

Clément est arrivé à l'aplomb du vallon du Blavé, il n'a pas croisé Nicolas. C'est là, dans le creux, que se trouve le nouveau point de regroupement des loups, il faut descendre dans le ravin. Le soleil commence à se voiler derrière un rideau de brume. D'un seul coup, il fait plus frais. Pourvu que la brume ne s'épaississe pas trop vite.

– Nicolas ! crie-t-il, les mains en porte-voix.

Les arbres ne font pas écran au son s'il n'est pas

loin, Nicolas devrait l'entendre. Mais rien ne dit que ce soit ici qu'il a quitté la piste. Déjà Clément n'est pas tout à fait sûr de lui, alors le petit, avec de vagues indications sur un plan approximatif, aura pu descendre dans le vallon n'importe où.

Il ne faut pas que Clément se laisse gagner par le doute ou la panique. D'abord retrouver l'endroit, en appelant Nicolas toutes les trois minutes. S'il ne répond pas, il sera temps d'explorer les alentours. Clément descend, appelle, écoute, redescend en essayant de se souvenir de sa précédente visite. Était-il passé à droite de ce groupe de mélèzes ou à gauche ? En dessous de cette petite ravine ou au-dessus ? Il n'a toujours pas de réponse à ses appels et n'entend aucun signe de la proximité des louveteaux. S'est-il égaré ? Avec cette brume qui se transforme peu à peu en brouillard, ce ne serait pas surprenant.

Il s'efforce de chasser ses doutes, il doit chercher jusqu'à ce qu'il retrouve l'enfant. Le brouillard devient opaque. D'ici peu, il aura perdu tout moyen de s'orienter.

– Nicolas ! appelle-t-il encore désespérément.

Alors, une réponse monte de l'épaisseur de la forêt, une réponse qui glace le sang : le hurlement des loups. Jamais Clément ne les avait entendus. Agnès lui avait dit que ce son était très étrange et inquiétant. Mais pas signe de danger. C'est un chant de rassemblement, une façon qu'ont les loups de se sentir une meute soudée. Il doit se le répéter cinquante fois pour calmer le tremblement qui l'agite. Si Nicolas entend ça, il doit être mort de peur.

Pourvu que ce chant ne signifie pas qu'ils ont repé

ré un enfant terrorisé près de leur point de rencontre et qu'ils s'apprêtent à le dévorer. Le hurlement des loups précède souvent le départ en chasse.

Certes, Agnès lui a répété que les loups ne chassent pas les enfants, mais dans cette brume cotonneuse, les certitudes s'effilochent.

Et puis, aussi soudainement qu'il était monté, le chant s'éteint. Clément rassemble tout ce qu'il a de courage disponible pour crier encore une fois.

– Nicolas !

– Ici, gémit enfin une petite voix quelque part au-dessus de lui.

– Nicolas, c'est moi, Clément, tu es où ?

– Je sais pas, à côté d'un arbre. On ne voit plus rien

Cette fois, Clément a situé la voix.

– Bouge pas, j'arrive.

Il lui faut quand même un moment pour parvenir jusqu'à son ami, en l'appelant régulièrement pour se diriger.

– T'as entendu ? bredouille le petit en se blottissant contre lui.

– C'est rien, assure Clément, ils font un *pow-woh* avant de partir en chasse.

– C'est pas pour moi qu'ils hurlent ?

– Tu n'es pas assez appétissant. Et tu sais bien qu'ils n'attaquent pas les hommes.

La peur de Clément s'est envolée dès qu'il a retrouvé Nicolas. Il est aussitôt redevenu l'aîné, celui qui rassure. On ne peut pas rassurer quand on tremble.

– Qu'est-ce qui t'est arrivé ?

– Je voulais voir les petits mais quand je suis descendu jusqu'ici, je me suis trouvé nez à nez avec un loup, un grand. J'ai eu tellement peur qu'en me sauvant je me suis cogné la tête contre un arbre.

– Tu peux marcher ?

Nicolas doit avoir une petite entorse. Soutenu par Clément, il arrive à se mettre debout mais il doit se rasseoir aussitôt tant la tête lui tourne. Au bout de quelques essais, assis, debout, il tient à peu près sur ses jambes et ils se mettent en marche.

– Le chemin est juste au-dessus de nous. On peut pas se tromper, y a qu'à grimper, affirme Clément en essayant de distinguer dans quelle direction avancer entre les arbres serrés et le brouillard qui s'infiltre partout.

Lentement, l'un tirant l'autre, les garçons se hissent vers le haut du vallon quand ils perçoivent, assourdies par la brume, des voix d'hommes qui semblent les appeler, au loin. Ils n'ont pas le temps de répondre que le chant des loups s'élève à nouveau du fond de la forêt. Peu à peu, les cris des hommes redeviennent perceptibles derrière le long hurlement de la meute, mais eux ne doivent pas entendre les appels de Clément. Des lumières percent le brouillard quelque part au-dessus d'eux.

Ses forces décuplées par l'espoir, Clément hisse Nicolas vers ce qui lui semble être la piste.

– Bordel ! crie une voix. Ça bouge là-bas.

– J'ai dit pas d'armes, hurle une autre voix, immédiatement suivie d'un coup de feu qui résonne en écho sur les parois du vallon.

A l'instant, les loups se taisent.

– C'est nous ! crie Clément. Je suis là avec Nicolas, il s'est foulé la cheville.

Les lumières se précipitent vers eux. Une grande silhouette les devance, bras tendus.

– Clément, mon bonhomme, t'as fait du sacré bon boulot, dit Jean-François en le serrant contre lui. Un vrai montagnard.

Clément n'imaginait pas que ça pouvait lui faire autant plaisir de le voir sortir du brouillard et de se blottir contre sa large poitrine.

Chapitre 14

Bon Dieu, Barnabé ! gronde M. Biaggi. T'as failli tuer les gamins.

– J'aurais jamais tiré sans voir, se défend violemment le berger. C'est le chef, en levant le canon, qui a fait partir le coup.

L'adjudant-chef, qui avait Barnabé à l'œil, a dressé vers le ciel le canon du fusil lorsque le berger a épaulé.

– Je ne vais plus pouvoir te laisser ton fusil, Barnabé, annonce-t-il. Tu finirais par faire une vraie connerie.

– Les loups étaient bien là, vous les avez entendus. Aujourd'hui, on a récupéré les gamins avant qu'il y ait du dégât, mais une autre fois...

– Il n'y aura pas de dégât, explique doucement Serge. Depuis huit ans qu'ils sont installés en Vésubie, les loups ne se sont jamais attaqués aux hommes, ni aux enfants. En Italie et en Espagne non plus, ça se saurait. Et s'ils se baladent sur les chemins de randonnée parce qu'on les y a attirés, continue-t-il en regardant Barnabé avec insistance, on tuera peut-être ceux de Malagratte, mais il en viendra aussitôt d'autres pour occuper le territoire. Maintenant qu'ils sont revenus, ils ne s'en iront plus.

– C'est pas la peine de s'exciter, Barnabé, conclut Jean-François avec une certaine tristesse. Aujourd'hui, le loup est devenu plus précieux que les éleveurs. Il est sûrement plus beau à regarder que nous. On n'a qu'une solution : se battre pour qu'on nous rembourse vraiment ce qu'il nous coûte en bêtes perdues, en travail, en chiens…

– Toi, tu es jeune, tu tiendras le coup.

– Faut voir. Tout seul, c'est difficile.

L'adjudant-chef hoche la tête, ce n'est pas lui qui démentira Jean-François. Son propre père a perdu soixante brebis en deux ans. Il prendra juste son fusil à Barnabé, car il ne veut pas courir de risque, mais il ne fera pas de rapport, le coup est sûrement parti par inadvertance.

– Bon, reprend Jean-François, ils doivent être morts d'inquiétude, là-haut. Il serait peut-être temps de prévenir qu'on a retrouvé les enfants.

La radio des gendarmes, celle des gardes du Parc, puis les téléphones se relaient pour annoncer le retour des égarés. Mme Biaggi va préparer un dîner pour réconforter toute l'équipe de sauveteurs.

– Alors, demande Serge, quand les estomacs sont pleins et les mines réjouies, vous les avez vus, ces louveteaux ?

– Plusieurs fois, répond Clément. Mais, si la louve n'avait pas été blessée, elle se serait enfuie et aurait déplacé les petits plus tard. Je n'aurais pas pu les observer.

– Tu leur as sauvé la vie, remarque fièrement Nicolas

A la tête de Clément, il s'aperçoit qu'il aurait dû se taire. On ne dit pas devant des bergers qu'on a sauvé une louve et ses quatre petits. Mais, ce soir, Jean-François est trop heureux pour se formaliser.

– De toute façon, dit-il, une autre l'aurait remplacée la saison prochaine. Si tu nous racontais plutôt comment tu les as trouvés, Clément ?

– C'est maman qui m'a montré la tanière…

Il cligne des yeux, pour retenir les larmes qui y pointent, et il continue :

– On était montés tous les deux à Malagratte…

Et pendant un long moment, à un auditoire atten tif, il raconte sa saison avec les loups.

– Pendant la battue, j'ai vraiment cru que les chasseurs allaient les trouver.

– Ils n'ont pas beaucoup cherché dans Malagratte, explique Serge. C'est sur l'Ortiguier que les attaques avaient lieu, les chasseurs ont préféré concentrer les recherches là-haut. Ils n'avaient droit qu'à un seul loup, ils voulaient que ce soit le bon.

C'était lui ?

Personne n'en sait rien. Mais les attaques ont cessé.

– J'étais tellement content de les retrouver vivants, avoue Clément. Pour moi, c'étaient comme des amis. Et peut-être que pour eux, je l'étais un peu.

– C'est une aventure exceptionnelle, l'assure Serge. Il faut que tu l'écrives, on la mettra en annexe au livre d'Agnès, pour compléter son travail.

J'ai aussi toute une pellicule de photos, annonce

fièrement Clément. Elles sont au développement à Carrefour.

– Nous irons les chercher mercredi, dit Jean-François, et on pourrait en profiter pour faire une virée jusqu'à la mer. Maintenant que tes protégés n'ont plus besoin de ton aide, tu peux peut-être revenir un peu dans la compagnie des hommes.

– Tu veux bien qu'on emmène une copine ?

– Dans la compagnie des femmes, c'est encore mieux ! rit Jean-François.

En accord avec Clément, Serge n'a pas parlé aux gendarmes des quartiers de mouton déposés le long du chemin de Praï à Camp d'Argent. Il est seulement monté bavarder avec Barnabé autour d'un café.

– C'était bien lui ? a demandé Clément à son retour.

– C'était lui. Il savait que la louve était cachée par là. Il espérait que la battue la ferait sortir, que les chasseurs auraient sa peau et que les petits ne survivraient pas à la disparition de leur mère. Il est persuadé que c'est à la meute de Malagratte que son troupeau a servi de garde-manger. Quand il a su que le loup tué était un mâle, il était fou. Il est parti, comme toi, arpenter la montagne, et comme toi, il les a trouvés.

– Pourquoi il ne les a pas tués à ce moment-là ?

– Je crois qu'il a longuement hésité, mais on l'aurait soupçonné et les amendes ne sont pas légères dans ces cas-là. Finalement, il a préféré essayer d'attirer les loups dans un traquenard. Quand il a su que Nicolas et toi risquiez de payer sa vengeance de votre vie, il était fou d'inquiétude.

- Tu vas le dénoncer ?

– Il en a assez bavé, un procès achèverait de le désespérer. Il ne recommencera pas, il sait qu'on l'a à l'œil. Cette histoire le décidera peut-être à accepter l'offre de la mairie.

– Et son troupeau, il deviendrait quoi ?

– Il le confierait à un autre berger qui en a un plus gros, et il pourrait aller le voir et le soigner ses jours de congé.

– Ah bon, dit Clément soulagé.

Sur les trente-six photos prises par Clément, une vingtaine étaient excellentes. C'était la première fois que les loups du Mercantour étaient photographiés si bien, d'aussi près, en d'aussi nombreuses postures. Et c'était la première fois qu'on voyait des louveteaux avec leur mère. Serge les a montrées au directeur du Parc qui a aussitôt décidé de les faire agrandir et de s'en servir pour monter une exposition dont les explications seraient fournies par Clément. C'est ainsi que ses photos se sont retrouvées sur les murs de la grande salle de la Maison du Parc. Avec l'aide de Serge, il a écrit l'histoire de la louve blessée et des quatre petits qu'il a aidés à survivre. Mais le directeur du Parc voulait aussi y joindre un portrait de Clément, l'auteur de cet exploit.

Comme il n'avait que d'anciennes photos où il paraissait trop jeune, à sa demande, Jean-François en a pris plusieurs, devant la ferme, avec Brasil, et aussi à la cabane avec Neige. C'est celle-là qu'il a finalement choisi de placer en tête de l'exposition, avec les brebis en arrière-plan.

Il faut trouver une solution, a annoncé Clément à Serge le jour de l'inauguration, après avoir bu un peu trop de champagne et souri à trop de gens. D'accord, les loups sont magnifiques, mais ce n'est pas une raison pour laisser Jean-François et les autres vivre comme ça.

– On a essayé les filets de protection, mais les brebis s'étranglent dedans, les alarmes qui réagissent au moindre mouvement, mais elles font plus peur aux moutons qu'aux loups. On ne peut pas clôturer des kilomètres de montagne. Le plus efficace, ce sont encore les aides-bergers et les patous.

– On a mal cherché. Je suis sûr que si on connaît très bien les loups et les brebis, on saura ce qu'il faut faire. Maman n'avait étudié que les loups, moi, je vais étudier les deux, et tu verras, la solution, je la trouverai.

Cet été-là, c'est Jean-François qui a accompagné Clément au Nikaïa. Il a fait sept secondes au quarante mètres, pas un dixième de plus. Il a fini troisième, comme Bruno au lancer de poids. Jean-François l'a porté en triomphe sur ses épaules pour que toute l'équipe de La Bollène puisse l'applaudir.

Cette année, il est en sixième au collège de Roquebillière, il revient tous les soirs à La Bollène et n'a pas l'intention d'en partir.

CATHERINE MISSONNIER

L'AUTEUR

Catherine Missonnier est née à Paris en 1941. Elle a onze ans quand elle part pour Madagascar avec ses parents. Elle découvre l'Afrique, ses paysages et sa culture. De retour à Paris pour passer son baccalauréat de philosophie, elle poursuit ses études à l'Institut des sciences politiques et obtient un diplôme d'économie. Elle travaille dans l'urbanisme et l'aménagement du territoire.

Mais ce qu'elle préfère, c'est raconter des histoires ! Elle a toujours adoré en inventer, pour elle-même, d'abord, pour ses amies de pension au lycée de Tananarive ensuite, puis pour ses quatre enfants. Pourtant ce n'est qu'en 1988 qu'elle s'accorde une pause professionnelle pour pouvoir publier ses récits. Elle aime tellement écrire qu'elle décide de s'y consacrer, démissionnant de son poste d'urbaniste.

Depuis, elle a publié une vingtaine de livres pour la jeunesse : romans policiers, d'aventure ou de science-fiction. Dans la collection Folio Junior, elle a également publié *On ne badine pas avec les tueurs.*

PHILIPPE MUNCH
L'ILLUSTRATEUR

Philippe Munch est né à Colmar en 1959. Élève de Claude Lapointe à l'École des arts décoratifs de Strasbourg, il publie de nombreux dessins dans la presse pour enfants. Grand voyageur, ses pérégrinations l'ont mené de l'Asie du Sud-Est à l'Amérique du Sud. Heureusement, Philippe Munch trouve encore le temps d'illustrer de nombreux livres pour Gallimard Jeunesse ! On peut notamment apprécier son talent dans *Le Myst re de la chambre jaune*, de Gaston Leroux, *L Appel de la for t* de Jack London, *Le Ruban mouchet* de Conan Doyle, *Le Grizzli* de James Oliver Curwood, tous publiés dans la collection Folio Junior.

Maquette : Aubin Leray
Loi n°49-956 du 16 juillet 1949
sur les publications destinées à la jeunesse
ISBN : 2-07-055188-1
Dépôt légal : décembre 2006
Numéro d'édition : 149779
Numéro d'impression : 82891
Premier dépôt légal dans la même collection : février 2002
Imprimé en France sur les presses de la Société Nouvelle Firmin-Didot